K.k. Augarten
Obere Augarten Str.
Nord-West Bhf.
Waldmüller G.
Sachsen Pl.
Am Tabor
Volkert Pl.
Novara G.
Malz G.
Miesbach G.
Hermine G.
Krumbaum G.
Tandelmarkt G.
Stefanie Str.
Schmelz
Gr. Mohren G.
Odeon G.
Afrikaner G.
Mühlfeld G.
Röm. Bad
Praterstern
Czernin Pl.
Ferdinands Str.
Dampfschiff Str.
Weissgärber Str.
Radetzky Str.
Fleischmarkt
Rotenturm
Haupt Zoll Amt
Post Dir.
Dominikaner Bastei
Stuben Ring
Morzin Pl.

Niko Hofinger

Maneks Listen. Roman

Niko Hofinger

MANEKS LISTEN

Roman

Limbus Verlag

Gedruckt mit freundlicher Unterstützung von
Land Tirol und Stadt Innsbruck

Gefördert von tirol Unser Land INNS' BRUCK

Bibliografische Information der Deutschen Nationalbibliothek: Die Deutsche Nationalbibliothek verzeichnet diese Publikation in der Deutschen Nationalbibliografie; detaillierte bibliografische Daten sind im Internet über http://dnb.d-nb.de abrufbar.

Einband: © Limbus Verlag
Druck: Finidr, s.r.o.

ISBN 978-3-99039-120-4
www.limbusverlag.at

Truth is stranger than fiction, but it is
because fiction is obliged to stick to
possibilities; truth isn't.

Mark Twain

Eins

Die Tür fliegt auf. Sie geht nicht auf, sie fliegt auf. Mein Vater, mein Bruder, meine Mutter, meine Schwestern, wir alle nützen die Gelegenheit und schaffen es ohne Probleme zurück in den Wald. Niemand ist uns gefolgt, der Ort liegt im Schlaf, es ist drei Uhr morgens, die Stunde der Wölfe.

Wie oft ich diesen Traum gehabt habe, kann ich unmöglich sagen. Ich weiß nicht mehr, ob ich dabei wach war oder geschlafen habe; meistens bin ich wach um diese Zeit, ich kenne das Geräusch dieser Stunde an jedem Ort, an dem ich gelebt habe. Um drei Uhr besucht dich einer, den du sonst den ganzen Tag im Griff hast, er weiß immer, was du richtig gemacht hast und was falsch, er stapelt Fehler über Sünde über Nachlässigkeit über Versäumnis. Man kommt ihm nur aus, indem man noch nicht im Bett ist um diese Uhrzeit, was ich vorziehe, oder, wenn es nicht anders geht, unter Vorspiegelung dringender Verrichtungen aufsteht.

Dann sollte man einen Freund haben am anderen Ende der Welt, den man zum günstigen Nachttarif anrufen kann, und eine Stunde lang plaudern, denn ab vier Uhr ist der Schlaf wieder gut und auch der Lemberger Lehmbursche nur mehr eine Witzfigur.

Radio hören, ja, das ginge auch. Die Langwelle aus Luxemburg bringt leichte Melodien. Zeitunglesen ist ganz schlecht, die Nachrichten sind von gestern und voll von unlösbaren Problemen für den neuen Tag. Zapfen rechnen, das geht. Wurzel ziehen. Integrieren.

Ich bin ein eher anpassungsfähiger Typ. Lebe ich in einer neuen Stadt, interessieren mich die Dialekte und Besonderheiten der Sprecher. In Wien musste man früher nur den Bezirk wechseln für solche Beobachtungen, heute reden da wie dort die Jugendlichen Hochdeutsch aus dem Kinderfernsehen, und die Erwachsenen in den Gründerzeitvierteln parlieren in mehr als drei Zeitformen. Für mich gab es immer nur drei Zustände der Welt: *vorbei* – ausgesessen, *jetzt* – schnell sein, *dann* – was kann man wissen? Bin ganz gut gefahren damit.

Ich habe mich in Wien integriert, da würden Sie staunen. Ich glaube, wienerischer als ich kann man nicht werden. Hat mir nichts genützt, nur nebenbei, sie wollten mich umbringen wie die anderen Juden auch. Ich bin ihnen aber immer einen Zug voraus gewesen, manchmal zwei. Das hat sie dann natürlich doppelt geärgert, sie haben mir ihre Mörder und Züge nachgeschickt rund um die Welt, auch noch nach dem Krieg. Ich bin ruhig geblieben, habe mir um drei in der Früh Sachen ausgedacht, die ich – wenn ich sie mir gemerkt habe – dann um halb sieben begonnen habe umzusetzen.

Der Spitzname unserer Familie war *die Wilki*, was auf Polnisch *die Wölfe* heißt. Ja, ich spreche ein wenig Polnisch, auch wenn ich das nach dem Krieg nicht groß herausgestrichen habe. Das war am Ende meines langen Lebens, die Zeiten waren analog, ohne Computer, ohne Internet, und man konnte Dinge noch hinter sich lassen. Das papierene Zeitalter hat aus heutiger Sicht nur den Nachteil, dass die Meldezettel immer noch in den Archiven liegen, die Briefe bei den Enkerln, die Behördenstücke im Staatsarchiv. Das wird kommenden Generationen erspart bleiben, weil das Digitale, das sage ich Ihnen, das Digitale hat keine Substanz. Aber ich schweife ab.

Ich dachte ja nicht, dass es noch notwendig werden würde, meine Sicht der Ereignisse darzulegen – fast dreißig Jahre nach meinem Tod. Aber da ruft mich neulich ein Historiker aus Innsbruck an. Ich sage ihm, die Nummer gibt es nicht und das Telefon auch nur in seiner Phantasie. Sagt er, das wisse er, aber er müsse es zumindest probieren, denn er hätte da einige Fragen.

Mein Name ist Ernst Beschinsky, Be-schin-sky, bitte merken Sie sich das. Es könnte mir zwar mittlerweile egal sein, aber nach der ganzen Mühe, die ich mir mit diesem Namen gegeben habe, ersuche ich Sie, es richtig auszusprechen. Kann sein, dass in manchen meiner Dokumente *Bechinsky* ohne *s* steht, aber ich bestehe auf der französischen Aussprache *Beschinsky*. In Tirol *Bechinsky* genannt zu werden, das hätte ich nicht überstanden. Die Innsbrucker sind ohnehin schwer genug zu verstehen mit ihren alpinen Lauten, und trägt man einen Namen mit einem ch in der Mitte, sollte man sich ernstlich überlegen, ob man hier leben will. Ich darf mich also vorstellen: Ernst Beschinsky, Professor im Ruhestand, Präsident der Israelitischen Kultusgemeinde für Tirol und Vorarlberg, Träger des Ehrenzeichens für Verdienste um die Befreiung Österreichs, der Verdienstmedaille des Landes Tirol und des Verdienstkreuzes der Stadt Innsbruck, gestorben am einunddreißigsten Mai 1987. So steht es in der schmalen Parte in der *Tiroler Tageszeitung*, und ich hätte es selber nicht schöner formulieren können. Mein Freund Paul Reitzer, unser Gemeindesekretär, hat noch darunterschreiben lassen: Ein treues Gedenken sei uns Verpflichtung. Gefällt mir.

Der junge Mann ist immer noch dran, er hat sich das alles angehört. Vielleicht könnte ich ihn die Sache ja gleich aufschreiben lassen. Ich frage ihn, warum denn gerade ich von Interesse sei, da gäbe es doch andere, die mehr geleistet hätten. Sagt er, das wisse er, aber er habe zwanzig Jahre auf so eine Geschichte gewartet. Man ist ja immer schnell geschmeichelt, aber ich bin nicht sicher, ob mir das jetzt gefallen soll. Na gut, wenn Sie schon dran sind, worum geht es, sag ich ihm. Er sagt, er forsche beruflich seit Jahren in unserer Geschichte herum, und jetzt sei da dieser Filmemacher aufgetaucht mit seiner Story. Ich weiß, was kommen wird, aber ich frage trotzdem: Und was hat der Israeli mit mir zu tun? Der Historiker fragt, woher ich wisse, dass er ein Israeli sei. Habe ich erraten, sage ich.

Ich lege den Hörer, den es nicht gibt, auf; das Gespräch reicht mir fürs Erste. Zu viele Erinnerungen werden wach. Meine liebe Mutter hatte auch ein Telefon. Das war für einen Privathaushalt vor dem Krieg eher ungewöhnlich. In *Lehmanns Adreßbuch* prangte ein fettes T neben dem Namen der lieben Mama. Sie war der Mittelpunkt der Familie, und man konnte oder besser: musste immer anrufen, wenn man unterwegs war. Im Jahr 1938 erschien ein Telefonbuch der Stadt Wien, das nicht nach Namen, sondern nach Nummern sortiert war. Das Konzept hat sich nicht durchgesetzt; man hat darin einfach nichts gefunden, was man nicht schon vorher gewusst hätte.

R-51831	Werner Josefine.
R-51832	Seidler Risa.
R-51833	Kulirz Wilhelm.
R-51834	Deutsche Dampffischerei „Nordsee", Ges. m. b. H. | „Nordsee" Deutsche Dampffischerei, Ges. m. b. H. (2)
R-51835	ManndorffFranzXaver.
R-51836	Adamczik Otto.
R-51837	Balter Josef.
R-51838	Majer Berthold.
R-51839	Willner Michaeline.
R-51840	Lidohover Alice.
R-51841	Pippal, Dr. Alfred.
R-51842	Spiegl Stefanie.
R-51843	David Julie.
R-51844	Fink Richard.
R-51846	Grünthal, Dr. Albert
R-51847	Rössler, Selma v.
R-51848	Kichler Luise.

So ähnlich geht es mir jetzt mit diesem Anrufer. Was soll ich ihm erzählen? Was weiß er schon? Riskiere ich etwas?

Ja, schauen Sie ruhig genau. Ich bin der in der zweiten Reihe Mitte, mit der Brille. Zugegeben, ich bin schlecht zu erkennen, aber das ist mir nur recht. Sie sehen das erste Photo, das je von mir in der Zeitung erschienen ist. Ich glaube, es war im Oktober 1981, ich bin fast achtzig Jahre alt. Es spricht der gemütliche Herr Landeshauptmann Wallnöfer, es ist relativ früh am Abend und er kann noch allein stehen. Ich bekomme bei diesem Anlass mit zwei Reihen von Herren und

zwei Damen, die ich vorher noch nie in meinem Leben gesehen habe, das Ehrenzeichen für Verdienste um die Befreiung der Republik Österreich verliehen. Ich habe mich selbst für die Auszeichnung eingereicht, der liebe Heinz Mayer hat mich dazu ermuntert. An diesem Abend bekommt auch sein Vater Ludwig die gleiche Medaille, fast vierzig Jahre, nachdem sie ihn nach Auschwitz deportiert haben. Das haben sie mit mir auch vorgehabt, es ist ihnen aber nicht gelungen.

Herr Ökonomierat Wallnöfer spricht nicht von seiner NSDAP-Mitgliedschaft, sondern vom Ersten Weltkrieg, in dem scheints 40.000 Tiroler zu Helden wurden, viele davon übrigens gleich zu Beginn des Krieges in einer Gegend, die ich ausgezeichnet kenne. Jetzt streift er noch kurz die Befreiung Österreichs 1945 und sagt, Tirol sei mir sehr dankbar. Dabei habe ich damals in Zagreb gelebt. So bin ich als alter Mann doch noch mit vollem Namen und Bild in die Zeitung gekommen. Seit der Zeit im Gefängnis schlafe ich ohnehin schlecht, aber nach diesem Bericht bin ich mir wochenlang sicher, jeden Moment ruft jemand aus der Glasergasse an und macht sich einen Spaß daraus, mich gefunden zu haben.

Zwei

Wer einmal fliehen musste, bleibt auf der Flucht. Zu dieser Erkenntnis sind wir galizischen Juden im Ersten Weltkrieg nicht als Einzige gekommen, aber es hat uns dann beim nächsten und übernächsten Mal fast schon geholfen, als wir wieder weg sollten.

Das Telefonat mit dem Historiker hat mich ganz aus der Ruhe gebracht. Wen interessiert das jetzt alles noch? Ich liege seit dreißig Jahren auf dem schönen Innsbrucker Westfriedhof begraben, und nun beginnen Menschen, die ich nicht kenne, in meinem Leben herumzuwühlen? Nicht dass ich nichts zu verstecken hätte, aber wem geht es da bitte anders? Ich habe meinen Weg ganz gut gestaltet. Es waren ein paar Hindernisse dabei, mit denen vorher nicht zu rechnen war, aber wenn man flexibel ist und für brenzlige Situationen noch ein zweites Ass im Ärmel stecken hat, kann man die erstaunlichsten Schwierigkeiten meistern. Die beste Entscheidung war sicher, in der Mitte meines Lebens die osteuropäische Schtetl-Problematik endgültig hinter mir zu lassen und zu einem 1a bürgerlichen Wiener Juden zu werden.

Wien 1930 ... obwohl ich wach bin, komme ich ins Träumen. Wir hatten kein Geld, zu wenig Arbeit, sonst auch nichts zu tun und keine Perspektive – aber das in der schönsten Stadt der Welt und im richtigen Alter. Die Regeln der Kaiserzeit waren alle nicht mehr so wichtig, und wenn ein Mädchen keinen jüdischen Begleiter nach Hause bringen durfte, fragte man das nächste. Wir waren jung, gut aussehend, gut gekleidet und gut gelaunt. Wir gingen mit unseren Schwestern, Müttern, deren Freundinnen und allen anderen Zauberwesen tanzen, fuhren, wenn es uns in der Stadt zu heiß wurde, den wohlhabenderen Familien unserer Bekannten auf Sommerfrische nach und erklommen dort die Hügel von Semmering- und Wechselgebirge mit alpinistischer Leichtigkeit.

Drei

Die *Platte*, das waren Geber, Peiper und ich. Wir waren alle gleich alt und riefen uns ein Leben lang mit Nachnamen, weil wir uns schon seit immer kannten, und weil sich Burschen in den Gassen des zweiten Bezirks damals per Nachnamen anfreundeten und dann dabei blieben. Erst als wir die Briefzensoren der Nazis über gewisse Details im Unklaren lassen wollten, wechselten wir gelegentlich wieder zu den Vornamen.

Robert Peiper war schnell und ungeduldig. Als ich noch überlegte, wie ich am leichtesten an ein Maturazeugnis kommen könnte, war er schon aus der Realschule entschwunden und in der *Theaterschule Otto* untergekommen. Er spürte seine Bestimmung als Schauspieler und erhielt sehr jung erste Engagements in Kattowitz und Breslau – ärgste Provinz, fanden wir, aber da musste ein Bühnenkünstler durch. Der Bestaussehende von uns war zwar eindeutig Willy Geber: groß, volles Haar, später leichter Ansatz eines Bäuchleins, aber das störte die Damen nicht. Peiper hingegen sah schon als junger Mensch genau so aus, wie ein antisemitischer Wiener Volksschüler seinen ersten Ostjuden gezeichnet hätte: klein, fliehende Stirn, Hakennase. Im gnadenlos auf Äußerlichkeiten fixierten Wiener Theaterbetrieb wandte er sich deshalb bald den Bereichen hinter der Bühne zu: Er schrieb Revuen und Stücke, die er oft selbst inszenierte, und wurde am Erfolg meistens nur durch sich selbst gehindert. Unter Freunden war er der friedlichste Mensch, aber beruflich von einer gewissen Streitbarkeit, die regelmäßig zu endgültigen Zerwürfnissen mit Kolleginnen und – bevorzugt – Vorgesetzten führte.

Einzelpreis 1500 Kronen.

DAS THEATER

KRITISCHE ZEITUNG FÜR BÜHNE, BRETTL UND FILM.

Geleitet von ROBERT PEIPER

Redaktion und Verwaltung: Wien, II, Nordbahnstraße 14

ERSCHEINT AM 5. UND 20. DES MONATS.

I. Jahrgang.	Wien, 5. Februar 1924.	Nr. 1.

Zum Geleit.

Wien – keine Theaterstadt?

Wenn Peiper wieder ein neues Projekt startete, waren wir natürlich dabei. Schon im Februar 1924, wir waren gerade einundzwanzig, reichte es Peiper mit der elenden Boulevardpresse und er gründete eine großformatige Zeitschrift, die ganz bescheiden *Das Theater. Kritische Zeitung für Bühne, Brettl und Film* hieß und immerhin in zwei Ausgaben erschien. Als noch im selben Jahr endlich Peipers erstes Theaterstück *Brettl* als Matinée im Wiener Komödienhaus herauskam, schrieb die *Reichspost* etwas gönnerhaft, aber nicht ganz unzutreffend: »Die Zuschauerschaft, die um elf Uhr vormittags Zeuge dieses Versuches war – wohl zumeist nur aus dem Freundeskreis des Dichters –, spendete rauschenden Beifall.«

Ich habe Peiper immer bewundert für seine Unerschrockenheit. Das meiste, was ihm spontan einfiel, war wirklich originell. Und er genoss – anders als ich – den Bühnenkitzel. Jede kurze Ansprache vor Menschen oder auch nur ein Geburtstagsgedicht, das ich einer meiner Schwestern aufsagen sollte, stürzte mich in tagelange Vorbereitungsnöte. Der Erfolg meiner Bemühungen war dann bestenfalls freundlich-mitleidige Zustimmung der Menschen, die mich sowieso gern hatten. Nur auf einem Feld zog ich immer Vorteile aus meiner mangelnden Courage: Ich ging ein Leben lang nie ohne Plan zu Behörden und hatte immer einen zweiten Trumpf im Talon. Peiper stritt mit Kanzlisten so leidenschaftlich über Unwichtiges, als seien sie Nebendarsteller seiner Theaterwirklichkeit und ein

Amtsbesuch eine Nachmittagsvorstellung für das Brigittenauer Abonnement. Ein politischer Hitzkopf war er – damals, so weit ich mich erinnere, ein kritischer Zionist.

Wenn Freunde aus Kindheitstagen zusammensitzen, ist die Politik im Grunde Nebensache. Willy Geber und ich waren immer mehr fürs Private, andere beantragten schon bald nach dem Krieg Reisepässe, um nach Palästina zu gehen. Was fehlte, war die Bereitschaft der Briten, so kurz nach dem Ersten Weltkrieg Juden, dazu noch österreichische, in ihr Mandatsgebiet zu lassen – so war Lord Balfours Einladung dann offenbar doch nicht gemeint gewesen. Gebers große Schwester Lisi, ein freundliches außerplanetarisches Frisurenwunder, heiratete 1920 aus heiterem Himmel den Hebräisch-Übersetzer Jakob Tabak aus Jerusalem und ging mit ihm nach Palästina. Die Neugierde auf Herzls Projekt wuchs in dieser Zeit nicht nur unter uns Freunden, die ganze Leopoldstadt und halb Wien diskutierte über den Zionismus. Mir war die Reise zu teuer, und außerdem, was sollte man in einem sozialistischen Idealstaat denn für vernünftige Geschäfte machen können?

Peiper und Geber hielten es aber nicht aus und segelten im Sommer 1925 von Triest via Alexandria nach Palästina, vorläufig nicht, um auszuwandern, sondern um sich ihr eigenes Bild von Altneuland zu machen. Das ging aber ordentlich schief: Die beiden waren vom rauen palästinensischen Alltag rasend überfordert und schalteten auf Zyonismus um. Eine Inspiration für ihre Reise war jene von Felix Salten im Jahr davor gewesen; sein Buch *Neue Menschen auf alter Erde* war nicht nur halb so lustig wie die Mutzenbacherin, sondern auch doppelt so verlogen und schönfärberisch, wie sich jetzt herausstellte. Peiper protokollierte gnadenlos die schlechte Stimmung bei den *Chaluzims*, die in ihren Zelten schwitzten und keine Illusionen mehr hatten, wer in Tel Aviv auf dem Boulevard Rothschild flanierte und wer drei Straßen weiter die schwere Arbeit zu erledigen hatte. Peiper nannte sich *Korrespondent des Acht-Uhr-Blattes* und brachte dort dann genau zwei Artikel unter, bis seine wenig romantisierenden Berichte von oben abgestellt wurden und nur mehr im *Grazer Tagblatt* erscheinen konnten.

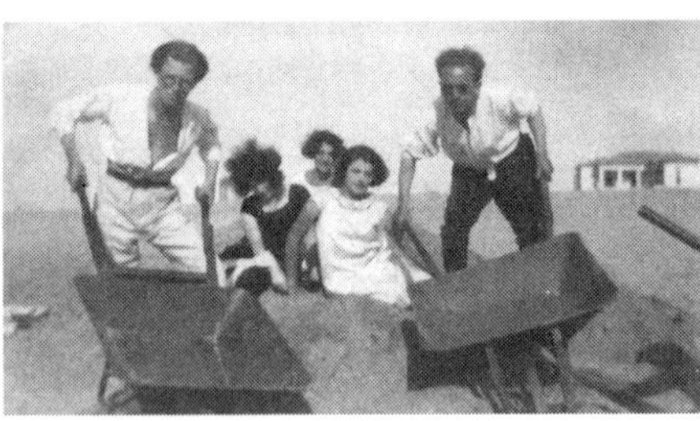

Das Photo, das Peiper und Geber mir aus dem Wüstensand nach Wien geschickt haben, ist die beste Parodie auf den Zionismus, die ich bis heute gesehen habe. Lisi Geber ist auch zu erkennen (an der Frisur).

Nach seiner Rückkehr war Peiper so geladen gegen das ganze Palästina-Projekt, dass er sich der wahrscheinlich schrulligsten Truppe anschloss, die die an Verrücktheiten nicht armen Zwanzigerjahre in Mitteleuropa hervorgebracht haben: dem *Verband Nationaldeutscher Juden*, einer Gruppierung, die versuchte, deutscher zu sein als die Deutschen. Das konnte natürlich nicht gutgehen. Peiper wurde Österreich-Korrespondent der in Berlin ansässigen Wirrköpfe rund um einen gewissen Max Naumann; und weil er nun gerade dort unten gewesen war, wurde ihm im *Verband* obendrein noch das »Palästina-Referat« übertragen. In den Publikationen dieser rechtskonservativen Träumer wimmelte es nur so von langatmigen Beweisen, dass die Juden Beethoven und Goethe noch mehr liebten, als es die Arier taten, und daher logischerweise die schönste Keimzelle der Deutschen Nation darstellten. Peiper kündigte für den Oktober 1925 eine Vortragsreise an, auf der er schonungslos die *Wahrheit über Palästina* preisgeben werde. Erstes Veranstaltungslokal für seine *erlogenen Berichte* und andere Vorträge zu verwandten Themen war die Scholle, ein jüdischer Kulturklub im Gebäude des Dianabades. Weil diese Ankündigung vermutlich die wenigsten interessieren würde, bat er uns alle, dorthin zu kommen; ich erwartete einen gemütlichen Abend mit Häppchen und nahm gleich auch noch meine Schwestern mit.

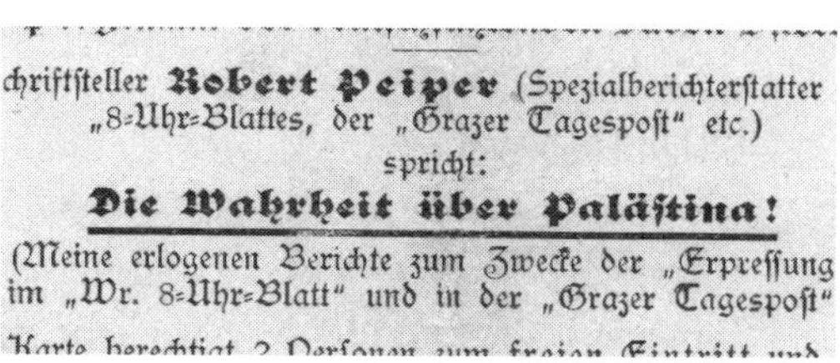
chriftsteller **Robert Peiper** (Spezialberichterstatter
„8-Uhr-Blattes, der „Grazer Tagespost“ etc.)
spricht:
Die Wahrheit über Palästina!
(Meine erlogenen Berichte zum Zwecke der „Erpressung
im „Wr. 8-Uhr-Blatt“ und in der „Grazer Tagespost“

Was uns dann wirklich überraschte, war, dass die Wiener Zionisten mit hundert Mann aufmarschierten und die Veranstaltung zuerst mit lauten Unmutsäußerungen, später mit Beleidigungen und angedrohten Prügeln sprengten. Ich brachte mich und meine Schwestern in Sicherheit, der Vortrag Peipers, den ich vorher natürlich schon in allen Facetten von ihm gehört hatte, entfiel. Die deutschnationale Presse hatte am nächsten Tag ihre Freude daran, dass sich mitten in Wien-Leopoldstadt nationaldeutsche Juden mit Zionisten um das beste Zukunftsmodell für die Judenfrage stritten. Es kam dann ein paar Monate später noch zu einem Ehrenbeleidigungsprozess, weil irgendjemand im Eifer des Gefechtes die Vortragenden »Trottel« genannt hatte. Ich habe es mir den halben Abend nur gedacht.

Nach unserem Verständnis hätte uns Karl Kraus jeden Samstag zu Kaffee und Butterkipferl einladen müssen, wir waren schließlich seine hingebungsvollsten Verehrer in ganz Wien. Wenn die neue *Fackel* herauskam, konnte man mit Peiper, Geber und mir, bis wir das Heft durchgelesen hatten, kein Wort reden. Eines Tages beschlossen Peiper und Geber, wieder eine eigene Zeitschrift zu gründen, diesmal ganz im Sinne der *Fackel.* Originellerweise nannten wir sie *Laterne*. Wir hatten vor, dafür bei nächster Gelegenheit eine Firma namens *Wiener Wochenzeitungsverlagsgesellschaft m. b. H.* anzumelden, und kündigten »tägliche Sprechstunden der Redaktion von zehn bis zwölf Uhr vormittags« in einem leeren Zimmer in der Kunstdünger-Firma unseres Förderers Emil Kraus in der Oberen Donaustraße 17 an. Die *Laterne* kam viermal heraus, leider nicht wie geplant pro Monat, sondern insgesamt.

Ein typischer Sonntag im Jänner 1929: Peiper bildete sich ein, er sei nicht nur der Einzige, der Karl Kraus rechtmäßig verehrte, sondern auch der letzte wirkliche Freund Peter Altenbergs gewesen. Der Kaffeehausliterat Numero eins war zwar schon zehn Jahre vorher gestorben, aber Peiper sah weit über die Liebe zum Kaffeehaus hinaus eine innige Verbindung zwischen uns und Altenberg. Draußen herrschte der kälteste Winter, seit wir denken konnten, minus fünfzehn Grad, und geschneit hatte es auch. Wir aber mussten um elf Uhr vor dem zweiten Tor des Zentralfriedhofs stehen und frierend den warmen Worten Peipers zum zehnten Todestag des Dichters lauschen. Wir hatten natürlich gehofft, Karl Kraus würde kommen, immerhin hatte er die erste Grabrede gehalten, dem war es aber offenbar zu kalt. Ein paar Wochen später hat Kraus dann in der *Fackel* über einen – wie ich annehme, ganz anderen – Altenberg-Verehrer geschrieben: »Viel parasitäre Unzulänglichkeit ist über Podien und durch Spalten gekrochen, um zum Gedenken Peter Altenbergs das eigene Dasein bemerkbar zu machen, welches doch stets noch weit beklagenswerter ist als der Hingang der Persönlichkeit.« Na ja, vielleicht eh besser, dass er uns nicht gehört hat. Aber der Loos war da! Ja, Adolf Loos, zweitbester Freund von Altenberg und heutzutage aus anderen Gründen wieder in aller Munde; der hätte auch nicht geglaubt, was viele Jahre nach seinem Tod noch herauskommt.

Willy Geber war vielleicht noch erfolgloser als Peiper, was seinen beruflichen Werdegang anging. Nach der Matura in der Staatsrealschule Unterbergergasse (als wir fünfzehn waren, hieß sie noch K.K. Franz-Josef-Realschule) langweilte er sich durch vier Semester Chemiestudium und verschiedene von seinem Bruder Dolfi vermittelte Bankjobs. Er lernte später einige Jahre am Konservatorium und versuchte dabei immer nur, endlich seine Schlagerkomponisten-Karriere zu starten. Wie lange hat man Zeit, den Durchbruch als Autor oder Musiker zu schaffen? Bis man dreißig ist? Vierzig? Oder einfach so lange, wie einem jemand diese Spleens finanziert? Ich würde sagen, für uns galt die letzte Variante. Als junge Erwachsene saßen wir in den Cafés rund um den Augartenspitz und beurteilten die Lage der sich ergebenden Möglichkeiten nach der Lektüre der Morgenzeitungen; schon als Buben war die nahe Adambergergasse unser Rückzugsort gewesen, dort konnte man je nach Glück und Menüplan bei Mama Geber, Mutter Peiper oder einer anderen Familie in der Nachbarschaft etwas zu essen bekommen, wenn man zufällig um die Mittagszeit in der Nähe der Häuser Nummer 7 oder gegenüber auf Nummer 10 »zu tun« hatte.

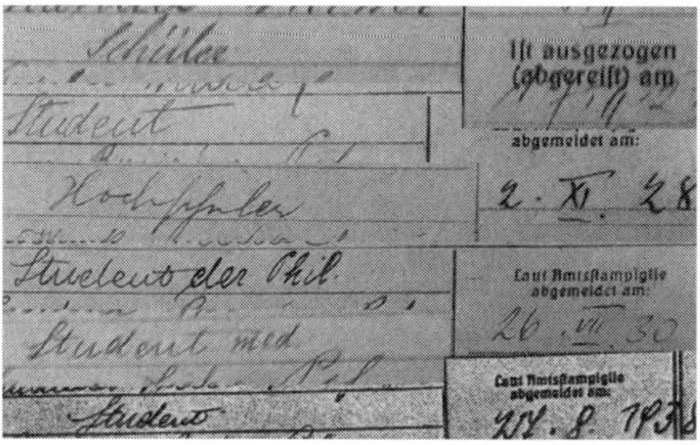

Das Versorgungsbedürfnis der Mütter und Schwestern funktionierte umso besser, wenn man Student war. Eine völlig unverdächtige Tätigkeit, die man, so wie ich von 1920 bis 1938, als Beruf angeben konnte, ohne besondere Neugier beim Gegenüber auszulösen. Auch die sonst so pingeligen Meldebeamten verlangten dafür keine Dokumente als Beleg. Student sein hieß ja auch immer, niemandem eine Arbeit wegzunehmen.

Willy Geber hat später aus unserer Sicht das große Los gezogen: Er lebte bei seinen Schwiegereltern im ersten Bezirk. Sie erlagen so wie ihre achtzehnjährige Tochter Hansi seinem in vielen Jahren Mazzesinsel geschulten ewigen Buben-Charme und waren auch schon bald der Meinung, er stehe kurz vor dem Durchbruch als Komponist. Sein Schwiegervater Walter Losert, ein bekannter Gasthausrezitator selbst verfasster humoristischer Lyrik, schrieb bald mit Begeisterung für Geber die siebenzeiligen Texte, die ein Schellackplatten-Schlager damals brauchte.

10. Juli 1933, Willy Geber an Hansi Losert von Wien nach Scheiblingkirchen:

> Gestern war ich mit Manek im Prater auf Aufriß, wo ich mein Künste als »Ansprecher« blenden ließ, wir hatten auch Erfolg und wäre Manek auf seine Kosten gekommen, die für uns alle ca. S. 5, Nachtmahl in einem Praterwirtshaus, betrugen, wenn seine »Liebste« nicht, wie es bei Manek mit seinem Pech ja leider »die Regel« ist, diese leider hatte. / Bitte nichts der Edith sagen, er bat mich, auch Dir nichts davon zu schreiben. / Von Peiper habe heute Karte aus Paris bekommen / Manek läßt Dich schön grüßen.

Scheiblingkirchen in der Buckligen Welt. Kennen Sie? Ein Paradies auf Erden. Alle Bilder von mir aus der Zeit vor dem Krieg, die es heute noch gibt, sind dort aufgenommen worden.

Mein liebstes ist das Selbstportrait. Ich nahm mir die Kamera von Vater Losert und photographierte mich selber; natürlich ist nur der Hintergrund scharf geworden, die schöne Hecke der Laub-Häusel, aber die Freude, mir sein Gesicht beim Entwickeln des Films vorzustellen, entschädigt für diese kleine Unzulänglichkeit. Walter Losert hat gelacht, als er mir das Bild gegeben hat. Er war der ver-

gnügteste Mann, den ich in Wien kannte, und er liebte seine Frau, seine Tochter und alle Freunde seiner Tochter.

Großzügig brachte er uns sogar in seinen Ferienplänen unter. Für uns war schon das Geld für den Zug schwer aufzutreiben, aber bei den Loserts wurde im Sommer alles leicht genommen. Wir schrieben deshalb täglich schmachtende Briefe an Hansi, schilderten unser sommerliches Elend in der heißen Stadt und warteten darauf, endlich von den Familien aufs Land gebeten zu werden.

Zu der Zeit waren wir drei nur mehr zwei: Peiper hatte geheiratet, was nicht bedeutete, dass er sein Liebesleben deshalb völlig umgestellt hätte, er hatte aber immer weniger Zeit für unsere zweitliebste Betätigung, das süße Nichtstun. Er musste eine Familie ernähren und war stets auf der Suche nach einem Verleger oder Theaterdirektor, mit dem er sich noch nicht verkracht hatte. Also war ich im Sommer mit Geber unterwegs.

Untertags wurde gewandert, abends musiziert. Eines Morgens erklomm ich mit Geber, seinem Schwiegervater und einem weiteren Alpinisten den Türkensturz (610 Meter über dem Meeresspiegel). Dieser Felsabbruch soll den herannahenden Osmanen zum Verhängnis geworden sein, als sie glaubten, einem Mädchen nachzustellen, und doch von der

heiligen Jungfrau höchstpersönlich in den Abgrund geführt wurden. Das Originelle dort oben ist die Burgruine; die hat vor zweihundert Jahren ein Fürst als Ruine errichten lassen, damit die Absturz-Legende glaubwürdiger wird. Höchst interessanter Fall einer mit handfesten falschen Beweisen untermauerten Geschichte. Könnte von mir sein.

Wir waren ein wandelndes Auskunftsbüro für Schlagertexte. Stellte sich uns ein Fräulein Rosa vor, pfiff schon einer die Melodie von *Rosa, reizende Rosa*; hieß die Dame Klara, fuhren wir mit ihr nächstens *in die Sahara*. Natürlich bestellten wir immer im Chor: *Herr Ober, zwei Mokka, für Baby und für mich*. Irgendwann hatte Geber eine Lücke im Markt der in Schlagern besungenen Vornamen entdeckt und komponierte den Tango *Monika*.

Um den gedruckten Noten ein über die Leopoldstadt hinausreichendes Flair zu verschaffen, riet ich ihm, doch Joseph Schmidt mit auf den Umschlag zu nehmen. Natürlich hat der mitteleuropäische Weltstar Joseph Schmidt Willy Gebers *Monika* weder gekannt noch gesungen geschweige denn je aufgenommen, aber er sah wie erwartet ausgezeichnet aus auf dem Notendruck.

Geber war also immer noch auf der Jagd nach dem Erfolg. Weil in den Sommern '32 und '33 die beliebtesten Herbst-Schlager der Wiener die Sehnsucht nach der Sommerfrische in Kärnten besangen, reichte Geber *Ich weiß am Wörthersee ein Mädel* nach. Er produzierte auch gleich in Berlin die Fassung *Ich weiß am Rhein ein Deutsches Mädel* für den Markt der nördlichen Nachbarn; beide verkauften sich überhaupt nicht. Dann schrieb er einige Wienerlieder, die an das goldene Herz unserer Stadt rührten. Obwohl wir selbst kaum Alkohol tranken, trug im einen der Sänger vor, dass ihm *Zwa Viertel Wein liaber san wia an Achtel*, im nächsten wurde noch weiter bestellt: *Geh', bring nur a paar Tropfen!*, im dritten war es schon recht spät am Abend und der Vortragende flehte resigniert: *Geh', Muatterl, hilf mir doch ...!* Die Texte dazu erspare ich Ihnen, es geht um berührende Wiener Trinker-Schicksale im Beisel am Eck oder beim Heurigen.

Die dritte Kategorie von Willy Gebers Kompositionen waren tanzbare Nummern, gerichtet an namenlose Angebetete: Nach *Du bist für mich ein großes Fragezeichen* schrieb er *Mädel, heut' möchte ich's riskieren*, dann *Wenn wir zwei verliebt sind*. Mit *Du bist von allen Frau'n der beste Schlager* erreichten Geber und Schwiegervater Losert schließlich den vierten Platz bei einem Jux-Wettbewerb im Etablissement Weigl im zwölften Wiener Gemeindebezirk.

Anfang der Dreißiger fanden die Wiener Tanzlehrer, es sei wieder einmal an der Zeit, einen österreichischen Tanz von Weltruhm – gleich dem Walzer im Dreiviertel-Takt – zu erfinden. Nach vielen Sitzungen des Programmcomités war der *Tanganilla* geschaffen: depressiv im Klang wie der Tango, leicht zu lernen wie der Foxtrott, somit ein vorhersagbar durchschlagender Erfolg. Willy Geber fand wieder einen Vornamen, der noch nicht besungen war, nämlich »Kanilla«. Dabei übersah er allerdings, dass auch nicht ein Mädchen in Wien so hieß; alle sangen »Kamilla«. Ich finde, es ist sein schönstes Lied geworden, auch der Text seines Schwiegervaters ist sinnlich und subtil. Wie oft habe ich mir dieses Lied in meiner Holzkiste vorgesungen, wenn ich sicher war, dass alles zu Ende war.

Reizende Kanilla,
Laß uns in der Villa
Nach dem Tanganilla schweben.

Sich im Takte wiegen
Aneinander schmiegen
Kann es mehr Vergnügen geben?

Wer des Tanzes Süße will verstehen
Der muß Deine Füße drehen sehen.

Reizende Kanilla,
Laß mit Tanganilla
Uns dahin durchs Leben schweben.

Die Schrittfolge lautet: Jagdschritt, Eisschritt, Wechsel-Seitwärtsschritt, Drängeschritt und Wendeschritt – klingt wie ein Freitag-Abend-Programm unserer Platte im Eislaufverein mit erfolgreichem Abschluss im Café Stadtpark.

Die Aufnahme der Odeon mit Luigi Bernauer und den Fred Bird Rhythmicans verkaufte sich eine Saison lang ganz gut, und Radio Wien spielte immer wieder freitags Tanganilla. Keine zwei Jahre später war das Wiener Wunderwerk schon überholt, und es würde mich wundern, wenn in der Walzer-Stadt heute noch irgendjemand eine Tanganilla erkennen, geschweige denn tanzen könnte.

Nur weil man kein Geld hatte, musste man übrigens nicht in Lumpen erscheinen. Wie es der Zufall wollte, waren Peiper, Geber und ich von berufsmäßig nähenden Frauen umgeben. Peipers Gattin Elsa arbeitete selbstständig in der Berggasse 10, Gebers Schwiegermutter führte eine kleine Hutmacherinnenschule am Fleischmarkt 14. Was immer zu reparieren war oder was man nach den Anforderungen der Zeit neu brauchte, wir bekamen es von unseren Frauen und deren Müttern zum Selbstkostenpreis.

Im Sommer 1930 erschien Peipers einziger Roman *Hollywood in allen Gassen* im Glöckner-Verlag. Dieser Verlag wurde 1929 von einem Andreas Glöckner in Wien gegründet und musste 1930 erstmals Konkurs anmel-

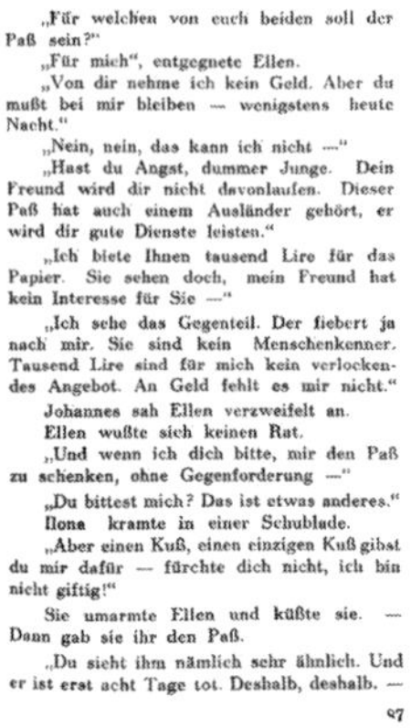
„Für welchen von euch beiden soll der Paß sein?"

„Für mich", entgegnete Ellen.

„Von dir nehme ich kein Geld. Aber du mußt bei mir bleiben — wenigstens heute Nacht."

„Nein, nein, das kann ich nicht —"

„Hast du Angst, dummer Junge. Dein Freund wird dir nicht davonlaufen. Dieser Paß hat auch einem Ausländer gehört, er wird dir gute Dienste leisten."

„Ich biete Ihnen tausend Lire für das Papier. Sie sehen doch, mein Freund hat kein Interesse für Sie —"

„Ich sehe das Gegenteil. Der fiebert ja nach mir. Sie sind kein Menschenkenner. Tausend Lire sind für mich kein verlockendes Angebot. An Geld fehlt es mir nicht."

Johannes sah Ellen verzweifelt an.

Ellen wußte sich keinen Rat.

„Und wenn ich dich bitte, mir den Paß zu schenken, ohne Gegenforderung —"

„Du bittest mich? Das ist etwas anderes."

Ilona kramte in einer Schublade.

„Aber einen Kuß, einen einzigen Kuß gibst du mir dafür — fürchte dich nicht, ich bin nicht giftig!"

Sie umarmte Ellen und küßte sie. — Dann gab sie ihr den Paß.

„Du sieht ihm nämlich sehr ähnlich. Und er ist erst acht Tage tot. Deshalb, deshalb. —

97

den. Es gibt leider keine einzige auffindbare Buch-Kritik, sagt der Historiker. Im Text rauschen Haupt- und Nebenfiguren in atemberaubendem Tempo durch Europa, Amerika und Palästina; Wien, Berlin, Prag, Zürich, Paris, Triest, Mailand, Venedig, Antwerpen, Hamburg, New York, Los Angeles und Tel Aviv werden vom aus Klosterneuburg stammenden Helden jeweils kurz angesteuert. Es geht um kleine und größere Ganoven, eine geheimnisvolle Filmdiva, deren Identität erst ganz am Ende aufgedeckt wird, um Liebe und einen gültigen Reisepass, den eine andere Person zur Flucht aus Europa nutzt. In die Cafés setzt der Autor prominente Wiener Zeitgenossen wie Max Reinhardt, Roda Roda, Anton Kuh und Gisela Werbezirk. Die meisten der europäischen Städte dürfte Peiper gekannt haben, einige Szenen spielen auf dem Palästina-Dampfschiff *Helouan*. Ohne Ihnen zu viel zu verraten, hat Peiper in seinem großteils in direkter Rede verfassten Reise-Krimi 1930 auf weiten Strecken jene Orte beschrieben, die viele von uns ein paar Jahre später bereisen würden – nur dass bei uns mehr auf dem Spiel stand, obwohl viel niedrigere Dollar-Beträge als im Buch den Besitzer wechselten. Bei Peiper löst sich alles in einem gekonnten Verwechslungskomödien-Happy-End. Das ist sich bei uns auch nicht ganz ausgegangen.

Vier

Gerade hat der Historiker wieder angerufen. Er fragt mich nach meinem Privatleben. Der gute Mann hat keine Ahnung, das sieht man. Ein privates Leben konnte man sich in Wien gar nicht leisten. Wir jedenfalls nicht. Hatten wir in den Jahren kurz nach dem Krieg schon kein Geld gehabt, hatten wir jetzt in den Dreißigern überhaupt keines mehr.

Ich versuche gerade, dem Anrufer unseren Alltag zu schildern, eben mit den Geldsorgen, dem knappen Raum, da fällt mir eine praktische Liste ein: Meine Mutter hat sie in den Sechzigern erstellt, um den österreichischen Behörden unsere materiellen Verhältnisse vor dem Krieg zu beschreiben und über ein Entschädigungsgesetz eine kleine Wiedergutmachung für die geraubte Wohnungseinrichtung zu bekommen. Das vierseitige Formular nennt alle möglichen und unmöglichen Einrichtungsgegenstände, und es wird einem rasch klar, wie wenig wir tatsächlich besessen haben. Die Wohnung in der Glasergasse 14, 2. Stock, Tür 16, in der wir seit 1923 wohnten, war eine klassische Zimmer-Kuchl-Kabinett-Wohnung, in der in guten Zeiten meine Eltern, meine drei Geschwister und ich gemeldet waren. Eigenes Zimmer? Nebbich. Mir hätte schon gelegentlich ein eigenes Bett gereicht. Auch wenn ich wie mein Vater viel unterwegs war, lebten doch immer vier Personen auf sechzig Quadratmetern mit Wasser auf dem Gang und diesem Mobiliar:

Gegenstand		**VZ**	**Kü**	**R1**	**R2**
Abwasch	Kastenabwasch		1		
Beleuchtungskörper	Ampel	1	1		
	Kugelpende				1
	Nachttischlampe				1
	Ständer (Steh-)lampe			1	
	Luster, ein- bis vierflammig			1	
Betten, Schlafmöbel	Bett mit Einsatz, Messing, Stahlrohr				2
	Couch			1	
Bettzeug	Bettdecke, einbettig				2
	Matratze, dreiteilig, Roßhaar				2
	Polster				4
Buffet, Kredenzen	Küchenkredenz		1		
Gardinen	Gardinen für 1 Küchen- oder Vorzimmerfenster	1	1		
	Scheibenvorhänge für 1 Fenster			2	
Gasgeräte	Brat- und Backrohr		1		
	Kocher (Rechaud)		1		
Herde	Haushaltsherd (Kohle)		1		
Kasten und Schränke: kombinierter Schrank, Sekretär				1	
	Waschkasten mit Marmorplatte				1
Wäsche- und Kleiderschrank, Hartholz, viertürig					1
Koffer- und Schirmständer		1			
Kohlenkiste			1		
Öfen	Kachelofen, Kamin			1	1
Sitzmöbel	Fauteuil, gepolstert			2	
	Hocker			1	
	Schemel		1		

	Sessel, Weichholz		2		
	Sessel, Hartholz				2
	Sessel, gepolstert			4	
	Sitzbank, gepolstert			1	
Spiegel	Wandspiegel mit Rahmen			1	
Tische	Jour-, Näh-, Rauchtisch u. dgl.			1	
	Tisch, Weichholz		1		
	Tisch, Hartholz			1	
Uhren	Küchenuhr		1		
Wand- und Kleiderablagen mit Spiegel		1			
Waschstockerl			1		

Mein lieber Innsbrucker Kultusgemeinde-Sekretär Reitzer ist in einem Nebenhaus in die Gewerbe-Schule gegangen, in der Glasergasse 8. Er wollte mir immer Geschichten vom neunten Bezirk erzählen, weil er dachte, ich sei aus dem zweiten. Er dachte ja auch, ich hätte eine Matura und Mathematik studiert. Beides stimmt nebenbei fast. Ich habe mich tatsächlich Ende 1920 bei der Wiener Universität vorgestellt, um als außerordentlicher Hörer Mathematik zu inskribieren. Das Anmeldeformular war recht vielzeilig und verlangte mir als knapp Neunzehnjährigem einiges an Kreativität ab. In das Feld *Staatsbürgerschaft* wollte ich nicht »polnische« schreiben, also habe ich, weil ich die österreichische nicht hatte und weil das zu dieser Zeit viele machten, *Deutschösterreichische Staatsbürgerschaftserklärung* eingetragen. Im Chaos der Nachkriegszeit musste sich ja ungefähr die Hälfte der Wiener erst zu Österreichern erklären oder *erklären lassen*, jedenfalls fast alle Juden aus Böhmen, Ungarn und

Galizien. Dann kam gleich noch ein unangenehmes Feld, das nach der Reifeprüfung fragte, die ich nicht hatte – entscheid ich mich, dort *Vorprüfung der Reifeprüfung am Staatsreformrealgymnasium im VIII. Bezirk* einzutragen. Der Historiker erzählt mir, das hätten die Archivarinnen der Universität Wien noch nie gesehen, dass sich jemand als *außerordentlicher Hörer* mit einer *beantragten Staatsbürgerschaft* und einer *absolvierten Vorprüfung zur Matura* für ein Mathematikstudium anmeldet. Spätestens nach zwei Semestern hätte ich jedenfalls Staatsbürgerschaft, Matura und Latinum nachweisen müssen, das wars dann mit der formellen Universitätskarriere. Informell blieb ich ja noch achtzehn Jahre Student, und aus den zwei Semestern Studium wurde dann in der verklärten Rückschau der Mathematikprofessor. Ganz falsch ist das ja nicht, ich war ein sehr gefragter Nachhilfelehrer, damals in Wien und später auch in Innsbruck.

Meine Liebe zu Formularen war somit geweckt; ich glaube, ich habe in den sechzig Jahren danach keines mehr ausgefüllt, in dem alles ganz genau gestimmt hat. Auch mein Testament, mein ganzer Verlassenschaftsakt und sogar der Antrag auf Rückzahlung meiner Begräbniskosten durch das Sozialministerium wurden von den Leuten in der Kultusgemeinde nach meinem Tod mit bestem Gewissen eingereicht, aber es stimmte halt nicht alles, was dort stand. Beim nächsten Telefonat sagt der Historiker an dieser Stelle »Eine Lüge zieht zehn hinter sich nach« und kommt sich recht gescheit vor. Das wusste ich schon 1920 und habe mich dabei ganz gut unterhalten.

Um meine Lebensgeschichte abzurunden, musste ich mir nach dem Krieg natürlich auch einen Beruf einfallen lassen, den man mit abgeschlossenem Mathematikstudium ausüben konnte. Universitätsdozent für theoretische Mechanik? Atomphysiker? Nein, etwas Einfacheres: Lehrer! Professor würde passen ... sagen wir, im Gymnasium Albertgasse. Das kannte jeder Wiener, und es gab sogar zwei davon; falls es jemand zu genau kannte, konnte man immer noch sagen, nein, ich war eh im anderen. Außerdem war es so groß, dass keiner alle Kollegen kannte. Nach dem Krieg und den Verfolgungen sei ein Anlauf-Stottern hängen geblieben (undeutlich gesprochen habe ich schon als Zwanzigjähriger), das es mir verunmögliche, weiter in diesem schönen Beruf zu arbeiten. Aber ich war nun einmal zum Pädagogen geboren, daher gab ich Nachhilfe in Mathematik. Das brachte ein bisschen was ein, und man hatte immer sehr liebe Schülerinnen. In der Regel war es so: Zuerst lernte ich eine kennen, dann gab ich ihr Nachhilfe; es ist aber auch umgekehrt vorgekommen.

Das letzte Dokument mit kleinerer Ungenauigkeit ist natürlich mein Grabstein. Da ließ man mir den erfundenen Professor noch in Goldschrift voranstellen, das Geburtsdatum ist genau genommen nicht meines, und der Name – na ja, irgendwie habe ich diesen Namen fast fünfzig Jahre getragen, also war er auch ein bisschen meiner.

Für einen Schilling gingen wir abends ins Brettl und vergaßen dabei die politische Kälte der Zwischenkriegszeit und unsere chronisch knurrenden Mägen. Die bekannteste Darstellerin komischer Unterschichts-Rollen in Wien war zu dieser Zeit *die Werbezirk*. Die Leute brachen in Gelächter aus, wenn sie die Bühne betrat, und hörten erst zwei Stunden nach der Vorstellung wieder auf. Sie hatte das Publikum im Griff, und was genau sie an einem Abend spielte, war dabei gar nicht so wichtig.

Peiper gelang es 1930, Gisela Werbezirk für ein Stück zu engagieren, das er ihr natürlich auf den buchstäblichen Leib schrieb. Es hatte den schönen Titel *Frau Diamant verletzt den Friedensvertrag* und war eine wirklich sehr gelungen konstruierte Komödie, in der er sich über alles gleichzeitig lustig machte: einerseits über die europäische Politik und den österreichischen Staat, andererseits über die Wiener Juden und die legendären Wirtinnen des zweiten Bezirks. Die Geschichte ging so, dass Frau Diamant mit dem Ausschank von Weinbrand unter der Bezeichnung *Cognac* angeblich den Friedensvertrag von St. Germain verletzt. Ein Skandal bahnt sich an, und weil sich sowohl die lokale Arbeiterschaft als auch bald die internationale Presse für den Fall interessieren, wird im zweiten Akt ein Tonfilm über die Gerichtsverhandlung gedreht – also eine Justiz-, Film-im-Theater-, Presse- und Tschecherl-Komödie mit einer hölzerner Requisiten-Kamera auf der Bühne des Raimundtheaters.

Gisela Werbezirk in der Titelrolle des Schwankes „Frau Diamant verletzt den Friedensvertrag“.
Raimund-Theater

Frau Diamant verletzt den Friedensvertrag blieb vermutlich das am häufigsten gespielte Stück des achtundzwanzig Jahre alten Peiper, die Kritik lobte Gisela Werbezirk und ließ den Autor sehr unterschiedlich hochleben. Wie üblich bei Peiper gab es nur totale Zustimmung wie von uns allen oder völlige Ablehnung wie gelegentlich in der bürgerlichen Presse. *Das Kleine Blatt* schrieb, so geistvoll es konnte: »Diese Handlung ist mühsamer und witzloser, als man es selbst aus ähnlichen Anlässen gewohnt ist, und hat ihr bißchen Atem nur dank der Frau Werbezirk. Aber selbst sie vermag nicht immer des Unsinns und der Langeweile Herr zu werden.« Der Redakteur hatte eines nicht verstanden: Es gibt nichts Unterhaltsameres als gepflegten Unsinn, und wir beschäftigten uns genau deshalb die meiste Zeit damit, solchen zu treiben.

Das beste Jahr überhaupt war, glaube ich, 1932. Wir waren fesch und jung und von sagenhafter künstlerischer Produktivität. Peiper, mittlerweile Vater von zwei Söhnen, brachte allein in diesem Jahr fünf Stücke und Revuen heraus. Schon die erste, die Ende März gezeigt wurde, war ein solcher Erfolg bei unseren Freunden, dass wir überhaupt nicht verstehen konnten, warum sie dann nur zweimal gezeigt wurde: *Das Witwen-Café* war eine Revue aus Couplets und Szenen rund um das ewige Thema Anbandeln junger fescher Habenichtse mit älteren wohlhabenden Damen. Die Witze ergaben sich da von selbst. Geber schrieb drei musikalische Nummern dafür, die beste zusammen mit Jimmy Weinberg, sehr frei nach Goethe:

Amerika, du hast es besser,
Amerika, du hast es gut.
Denn du hast ja den Al Capone,
du hast New York und Hollywood.

Du hast das Alkoholverbot zum Übertreten,
du hast die meisten Schiffe und das höchste Haus.
Du hast nur Frau'n mit viel Moneten,
du hast den Chaplin und die Micky Maus.

In diesem Lied, von dem es noch Schellacks gibt, konnten sich alle austoben: Geber musikalisch – seine Vorliebe für Disney-Charaktere war damals schon sehr ausgeprägt; Peiper, politisch mittlerweile feuriger Kommunist, war verantwortlich für die anarchistische Übertretung der amerikanischen Prohibitionsbestimmungen und die schonungslose Kapitalismuskritik in dem kurzen Text. Jimmy Weinberg – der eigentlich Symson hieß und in den fünf Jahren danach unter den arisch oder wenigstens weniger jüdisch klingenden Künstlernamen Jimmy Berg, Otto Forst-Berg, Helmut Raabe oder Raimund Danberg komponierte – ist der Einzige aus unserer Gruppe, den man heute noch kennt. Aus seiner Feder stammt unter anderem das Lied *Sperrstund' is*, das Hans Moser so schön vorgetragen hat.

Als es Willy Geber wieder einmal langte, als jüdischer Komponist zu wenig wahrgenommen zu werden, reichte er kurzerhand bei der Wiener AKM den Künstlernamen »Guy Donare« ein – dort verstand man aber weder die Übersetzung noch den Witz und verweigerte ihm die Umbenennung.

Im Mai brachte Peiper ein großes Lustspiel namens *Rumba* einmalig zur Aufführung. Es hat laut Zeitungsberichten (Peiper hatte viele Feinde, aber immer noch Freunde in den Redaktionsstuben) »Schmiss und Ironie«. Aus Geldmangel musste Peiper selbst mitspielen und verwendete bei dieser Gelegenheit den aus *Robert Peiper* schön anagrammisierten Namen *Bert Ropp*. Dann kam das noch weniger erfolgreiche Sittenstück *Wer wirft den ersten Stein*, das Peiper schon ohne jedes Budget auf die Bühne brachte (es waren mittlerweile für seine Produktionen nur mehr Nachmittagstermine bei den Bühnen zu bekommen). Die Kritik fand die Geschichte um einen Sohn, der spät erfährt, dass seine Eltern Mörder sind, im Prinzip ganz gut, war aber vom Ensemble weniger angetan: »Was die anderen Mitwirkenden betrifft, so sollten die Veranstalter derartiger Vorstellungen doch bedenken, daß sie vor der Öffentlichkeit und nicht vor einen Kreis gutwilliger Familienmitglieder hintreten«, schrieb wieder *Das Kleine Blatt*. Die bereits geplante Gastspielreise entfiel.

Wir ließen uns nicht entmutigen. Peiper produzierte noch zwei Stücke für Kinder, was gut für den Familienfrieden war. Im November 1932 brachte er *Seine Majestät der Bleistiftkaiser* und im Dezember dann *Das Märchen vom Yo-Yo* heraus, beides keine Stücke, die es in den Olymp des Deutschen Theaters geschafft haben. Da gerade die erste industrielle Yo-Yo-Welle (aus Amerika, woher sonst) über uns hereinbrach, sah bald auch Willy Geber den Zeitpunkt gekommen, ein Yo-Yo-Lied zu schreiben. Getextet haben es natürlich Schwiegerpapa in spe Walter Losert und, da schon vom Fach, Peiper. Das Lied hätte genauso gut *Da-Da* heißen können, es hat einen sehr poetischen und absurden Text bekommen, der mich heute noch erröten lässt, wenn ich ihn vor mich hin trällere.

Was hat Yo-Yo
mit Erotik zu tun?
Das wäre doch wirklich zu bunt.

Wir sind noch nicht
gegen alles immun.
Nur das ist der einzige Grund.

Wenn der Rummel
auch nichts andres ist,
als daß man sein-a-Leid dabei vergißt.

Bin ich schon froh.
denn ich kann sowieso
kein anderes Spiel als Yo-Yo.

Fred Bird hat es dann auch mit seinen Rhythmicans auf Schellack herausgebracht, als Sänger wirkte wieder der große Luigi Bernauer. Ich glaube, das ist das zweitschönste Lied von Geber, seine Stärken lagen eindeutig im Bläserarrangement, kein Wunder, er spielte wirklich ausgezeichnet Klarinette.

Ich trage dem Historiker meine neu sortierten Geschichten vor und sage im Lichte der erinnerten Erinnerung, Ernst Beschinsky sei so etwas wie mein Künstlername gewesen, ob er damit leben könne? Er meint, darüber werde er nachdenken, aber er wolle heute eigentlich etwas ganz anderes wissen: Wer diese Ilse sei, die er auf meinem Innsbrucker Meldezettel als Gattin gefunden habe? Und wieso die nicht in meinem Grab liege? Da muss ich jetzt ein wenig ausholen, sage ich.

Meine kleine Schwester Anni war der Mittelpunkt unserer Familie in der Glasergasse. Nicht nur erfreute sie unser Leben mit dem Beginn einer vielversprechenden Karriere als Wunderkind am Klavier (das wir leider nicht besaßen), sie tat sich auch leicht im österreichischen Schulsystem, machte als Einzige in der Familie Matura und wurde dann ernsthafte Studentin der gesamten Musik- und Sprachwissenschaft an der philosophischen Fakultät der Universität Wien. Wir platzten vor Stolz.

Ihre bedeutendste Funktion auf der Universität war aus meiner Sicht allerdings die Kontaktpflege. Sie sah immer, wenn eine Kommilitonin neu war, und freundete sich ohnehin mit jedermann leicht an. Also nahm sie dann die Bekannte am Freitag auf ein Gschnas oder ins Café mit und stellte bei der Gelegenheit ihre zufällig anwesenden männlichen Freunde vor. Peiper war verheiratet (aber nie ganz uninteressiert), Geber immer so gut wie fix vergeben an seine Jeweilige (der er seine außertourlichen Liebschaften im Übermut stets umgehend beichtete), und dann war da noch ich. Ich stand in der Blüte meiner Jahre und war in der Regel nur sehr kurz ernsthaft verbandelt. Ich habe mir nie die Mühe gemacht, das genau zu ergründen, aber mit einer fordernden Mutter und zwei nahen Schwestern ist ein Mann offensichtlich nicht ohne Weiteres in der Lage, sich dauerhaft zu binden.

Fünf

Eines Tages im Herbst 1934 berichtete Anni, sie habe eine reizende neue Mitstudentin, die gerade aus Innsbruck gekommen sei und mit ihr die rasend langweilige Vorlesung *Plato und der Platonismus* beim bekannt antisemitischen Professor Robert Reininger besuche. Sie hieß Ilse Pollack und meine Schwester hatte wegen des Namens vermutet, sie sei jüdisch. Das war sie leider nicht ... aber was war sie für eine prachtvolle Tirolerin! Zwar schon Mitte zwanzig, aber grandios gutaussehend, geschieden und abenteuerlustig. Hungrig nach

Unterhaltung, frisch entflohen dem Mief der mittelalterlichen Kleinstadt Hall in Tirol. Einen halben Kopf kleiner als ich und gut zehn Kilo schwerer – meine Traumfrau war erschienen.

In kürzester Zeit waren wir unzertrennlich. Mein Wiener Freundeskreis war immer offen für Neues, und eine Tirolerin hatten wir noch nie in unserer Clique gehabt. Wenn in den Kaffeehausrunden ein paar aufgekratzte Musiker aus Gebers Kapelle, ein Aufmerksamkeit suchender Schauspielerfreund Peipers oder ein kreativer Geschäftspartner von mir dabeisaßen, konnte es schon lustig werden in den Nachmittagsstunden. Ilse staunte, glaube ich, ein bisschen und war wegen ihres tollen Aussehens und ihres herzigen Tiroler Dialektes sofort bei allen beliebt. Sie studierte fleißig die romanistische Wunderwelt, belegte Vorlesungen für Alt-Französisch und lernte nebenbei Italienisch, Ladinisch und Spanisch auf Lehramt. Ich war mir sicher, sie später in der Albertgasse unterbringen zu können.

Was ich damals nur aus Ilses verhalten begeisterter Reaktion auf meine Idee, mich in Tirol vorzustellen, herauslesen konnte, war die leichte Schieflage in der gegenseitigen Wertschätzung unserer Familien. Meine Mutter hatte Ilse schon bald ins Herz geschlossen und ihr verziehen, dass sie keine Jüdin war. Manchmal sagte Mama: »Sie sieht doch eh aus wie eine!«, und Religion spielte bei uns keine besondere Rolle, was ich hier gar nicht sagen dürfte, stamme ich doch aus einer bedeutenden Rabbinerdynastie.

Die Familien, die ich kannte, waren gar nicht so verschieden in der Art, wie sie nach innen funktionierten: Gebers Mutter war dauernd eifersüchtig und schrieb ihm in seine Ferien gekränkte Postkarten, meine Mutter erlaubte mir keine Ausflüchte und musste, wie meine Schwestern auch, immer *alles* wissen. Der Ruf, der Ilses Familie vorauseilte, war da nicht anders: Angeblich hatte sich auch ihr erster Ehemann, der Haller Stadtapotheker Pollack, in der häuslichen Dauerpräsenz von Ilses Mutter und Schwester unwohl gefühlt. In ihre Mischpoche – ein protestantisch-sudetendeutsches Tiroler Haus am Land – einen Wiener Juden mitzubringen, war aber, wie sich herausstellte, doch etwas ganz anderes.

Was ich 1934 auch nicht wusste, war, dass Ilses Bruder Erich schon bei der SA gelandet war; er war wie ihre Eltern seit 1933 Mitglied der mittlerweile illegalen NSDAP.

Wir fuhren trotzdem im Sommer 1935 nach Tirol. Das Bild habe ich in Südtirol aufgenommen und mein ganzes Leben lang mit mir herumgetragen. Es ist eines der wenigen Bilder aus der Zwischenkriegszeit in meinem Nachlass, und ich bitte Sie, mir zuzustimmen: War ich ein Glückspilz?

Der Historiker meldet sich jetzt immer öfter. Er erzählt mir, er habe mittlerweile einen hochdotierten Auftrag der Israelis in der Tasche und müsse nun für einen geplanten Film herausfinden, wer ich vor dem Krieg gewesen sei. Bei seinen Recherchen in den Tiroler Archiven sei er auf die Verwandten meiner Frau gestoßen, und es sei ja nicht gut möglich, dass ein Jude in so eine Familie einheiraten könne. Nicht 1946. Ich solle ihm doch sagen, wer ich wirklich sei.

Hätten Sie auf so eine Frage eine einfache Antwort? Eben. Ich frage zurück, was er denn da genau verdiene und ob es eine Möglichkeit gebe, mich zu beteiligen. Da ist das Gespräch schnell beendet, er sagt irgendwas Unglaubwürdiges – er müsse seiner Frau etwas zu Mittag kochen – und legt auf.

Um Ihnen die Familie zu beschreiben, in die ich da hineingestolpert bin, beginne ich bei meinem Tiroler Schwager: Erich Max Focke starb 1974, zwei Jahre vor meiner Ilse. Auf seinem Grab steht *Handelskammerbeamter i. R.*, so ganz genau hat man es da auch nicht genommen. Er war 1945 fristlos entlassen worden, und auch wenn sich die an der Aufarbeitung ihrer Vergangenheit ausdrücklich nicht interessierte Tiroler Handelskammer heute noch nicht in der Lage sieht, dem Historiker und Erich Fockes Enkel Einblick in ihre Personalakten zu geben, zu lesen gäbe es da sicher genug. Mein Schwager saß, als ich meine Ilse in Zagreb heiratete, gerade im Kriegsgefangenen-Lager für SS-Offiziere bei Schwaz. Das Lager haben die Franzosen »Oradour« genannt, auch wenn der Erich sicher nicht beim Massaker der SS in Oradour-sur-Glane dabei war. Er hat die ganze Kriegszeit in Innsbruck abgesessen, als Jurist in der Handwerks-, später Handelskammer, geschmückt mit der Illegalen-Auszeichnung als »Alter Kämpfer« und der stolzen März-Medaille, und doch hat er sich stets als völlig unpolitisch empfunden, wie er 1945 zu Protokoll gab. Ohne sein Wissen sei er im Jahr 1933 bei einem Gasthausbesuch auf eine NSDAP-Anmeldeliste gerutscht, war dann, als das illegal wurde, mit anderen Dingen beschäftigt und vergaß alles, was die NSDAP betraf, bis 1938 – obwohl er 1935 vernünftigerweise von der proletarischen SA zur elitären SS wechselte, um seine Akademiker-Karriere nicht zu behindern. Was man ihm unbesehen zugute halten kann, ist das kreative Beantworten der Fragen im Entnazifizierungs-Verhör der Tiroler Gendarmeriebeamten. Er sagte so schöne Sätze wie: »Bis 1934 habe ich mich nicht politisch betätigt, dann trat ich in die Vaterländische Front ein (NSDAP). Um beruflich weiterzukommen, haben mir meine Freunde geraten, einer Parteiformation beizutreten. Aus diesem Grunde bin ich also der zivilen SS beigetreten.« Großartig, wie man mit falschen hinzugefügten Fakten seinen Werdegang verschleiern kann. Oder man sagt als Doctor iuris Dinge, die später beim Durchlesen niemand verstehen kann, wie: »Während meiner beruflichen Tätigkeit habe ich mich bemüht, die politische Strafbarkeit zu vermindern.« Und wem das noch nicht phantasievoll genug ist, dem erklärt er: »Während meiner ganzen politischen Tätigkeit habe ich nie an Wiedervergeltungsaktionen teilgenommen.« Die Franzosen fanden das alles nicht so lustig und steckten ihn nach Oradour mit den anderen SS-lern und hochrangigen Nazis, die wie er beim Erstgespräch nur einen Teil ihrer Parteikarriere zu Protokoll gegeben hatten.

Ich greife da jetzt zeitlich vor, aber wie soll ich Ihnen schildern, in was für eine schrecklich nette Familie ich mich da verliebt hatte? Meine Ilse war dem ganzen protestantischen Deutschgetümel und dem illegalen Parteigeruch entwischt, war immer eine Freidenkerin ohne jedes Vorurteil geblieben und hing doch noch an ihren Verwandten. Was kann man machen?

In Solbad Hall, da gab es ja auch noch den Burschi. Getauft auf den schönen Namen Gertfried war er Ilses Sohn aus dem kurzen Ehe-Abenteuer mit dem braven Stadtapotheker Pollack. Der Bub wurde 1928 geboren und wuchs dann, was die Leute in Hall seiner Mutter heute noch nachtragen, die meiste Zeit bei den Großeltern auf. Ilse war eine vielfach talentierte Rebellin und die Mutterrolle unterforderte sie natürlich enorm. Und egal, was sie unternahm, was sie plante oder was sie erlebte, immer war da ihre eigene Mutter, die alles und jedes mit einem sudetendeutschen Sinnspruch aus der Gertrud-Fussenegger-Mottenkiste kommentierte. Soll sie doch die Kindeserziehung gleich ganz übernehmen, hat sich Ilse irgendwann gesagt und den nächsten Zug nach Wien genommen.

Ilses Jugend war schon nicht nach Plan verlaufen. Sie besuchte zuerst noch ganz nach allgemeinen bürgerlichen Erwartungen das städtische Mädchen-Lyzeum in der Innsbrucker Sillgasse, das sie allerdings hauptsächlich als Besserungsanstalt für höhere Töchter empfand. Als ich das dem Historiker erzähle, höre ich ihn lachen. Ja, das könne er bestätigen, er habe dasselbe Institut besucht, und noch in den Achtzigerjahren sei das als Motto unsichtbar über jedem Türbalken geschwebt. Ilse will mehr, als das weltfremde Realgymnasium bieten kann, und verlobt sich leicht skandalös als sechzehnjähriges Schulmädchen mit dem zehn Jahre älteren Apotheker, um die langweilige Bildungs-Institution aufgeben zu können. Mit siebzehn heiratet sie besagten Pollack, mit achtzehn bekommt sie Gert vulgo Burschi, mit einundzwanzig ist sie dann schon wieder geschieden und sitzt – nun mit Kind – wieder bei Mutter und Schwester am Küchentisch in der Haller Recheisallee. Bald wird ihr auch das zu viel oder zu wenig, wie man will. Sie geht noch einmal als Externistin zurück ans Gymnasium Sillgasse und macht dort im Herbst 1933 ihre Matura. Sofort danach inskribiert sie an der Innsbrucker Universität, heute würde man sagen: Romanistik. Da ist sie schon im nächsten Bildungstempel, der ihr schnell auf die Nerven geht, gelandet: Hier studieren praktisch nur Männer, die eine Hälfte ist offen oder versteckt deutsch-national-sozialistisch, die andere Hälfte erzkatholisch-konservativ. Diese beiden Gruppen von pickelgesichtigen Burschen schlagen sich bei jeder Gelegenheit die Köpfe ein und glauben, sie machen dabei Weltpolitik. Ilse muss weg. Sie ist fünfundzwanzig Jahre jung, Mutter eines Sechsjährigen, geschieden und bereit für alles, was noch kommen mag.

Wenn Sie so wie ich ein Österreicher sind, der die Zwischenkriegszeit erlebt hat, dann muss ich Ihnen nicht erklären, was das Wunderteam war. Das beste österreichische Fußball-Nationalteam aller Zeiten gewann in den frühen Dreißigern praktisch jedes Spiel, unter anderem gegen Deutschland, Ungarn, Italien, die Schweiz und sogar Schottland. Jeder in Wien suchte die Nähe der Superstars Hiden, Sindelar, Zischek, Schall, Nausch, Vogl und Gall, wir kannten die Burschen alle aus dem Café City. Dort fanden Anfang 1933 die Kegelabende sowohl des Deutschen Volkstheaters, in dem Peiper gerade engagiert war, als auch der Kegel-Sektion des Wunderteams statt. Das Café lag in der Porzellangasse 1, günstig gelegen in der geographischen Mitte zwischen unseren Wohnungen. Peiper hatte es von der Berggasse nur ein paar Meter weit, ich war in zehn Minuten von der Glasergasse herunten, und Geber kam, so oft er konnte, aus der Adambergergasse herüber.

Im Februar 1933 war das österreichische Wunderteam Kontinental-Europas unumstrittene Nummer eins. Ein Auswärtsspiel in Frankreich wurde lässig 4:0 gewonnen, niemand war dem Spielwitz und der Technik des Wiener Ballzaubers gewachsen. Und mit dem Nimbus der Unbesiegbarkeit waren die Gegner schon eingeschüchtert, sobald Österreich das Spielfeld betrat: Zwei Jahre lang wurde kein einziges Spiel verloren.

Im März 1933 planten Peiper und die Theaterleute einen Kegel-Wettkampf mit dem Wunderteam. Hiden wollte mitspielen, tat sich aber am Vortag noch weh, Sindelar war angesagt, aber erschien nicht, also scheibte das Ensemble des Deutschen Volkstheaters gegen Schall, Blum, Rainer, Gall, Nausch und noch ein paar weniger berühmte Herren aus dem Trainerstab. Das Match verlief unglaublich ausgeglichen, es gab beim Stand von 104:104 und 164:164 zwei Verlängerungen, am Ende siegten dann die Theaterleute. Der Lauf des Wunderteams war gebrochen. Das nächste, nicht halb so spannende Fußballmatch gegen die Tschechoslowakei ging ebenfalls verloren, eine Ära war zu Ende. Wir haben uns noch lange einen Spaß daraus gemacht und so getan, als fühlten wir uns schlecht dabei, das Wunderteam auf dem Gewissen zu haben. Vielleicht hätten wir uns mehr Gedanken darüber machen sollen, dass beim Spiel gegen die Tschechen das halbe Stadion auf der Hohen Warte die österreichische Bundeshymne in Dollfuß' Anwesenheit auspfiff oder dass die Heimwehr an diesem Tag zur Hilfspolizei aufstieg. Aber über solche Sachen haben wir uns erst wirklich Sorgen gemacht, als der Hitler schon auf dem Balkon der Nationalbibliothek stand.

Wahrscheinlich ist Ihnen aufgefallen, dass bisher fast nur von den Frauen unserer Familie die Rede ist; ich kann über meinen Vater recht wenig berichten. Er meinte es sicher immer gut und unterstützte uns im Rahmen seiner Möglichkeiten auch. Geschäftlich war er kein Glückspilz und beschränkte sich darauf, das zu tun, was unsere Familie seit vielen Generationen verstand: Großhandel mit Lebensmitteln aller Art. In Formularen trug er in die Spalte der Berufsbezeichnung immer *Ökonom* ein, manchmal schrieb er auch noch *Landwirt* dazu. Man konnte bisweilen in der Ökonomie schöne Gewinne machen, aber zwischendurch blieb wieder ein Waggon Getreide irgendwo hängen und man fiel um die ganze Investition um. Zu einem Palais an der Ringstraße wie bei den Ephrussis hat es bei uns jedenfalls nicht gereicht. Die Geschäfte liefen immer über unsere guten Verbindungen zwischen Krakau und Wien, was auch ein Grund dafür war, dass mein Vater sich nie ernsthaft um die österreichische Staatsbürgerschaft bemühte. Für mich hieß das, dass ich, sobald eine vernünftige Lieferung angekündigt war – Lagerung ergibt ja bei Lebensmitteln keinen Sinn –, raus musste zu den Wirten und Zwischenhändlern und schauen, wo man die Ware verkaufen konnte. Im dauernd hungrigen Wien der Zwischenkriegszeit war es nie ein Problem, Lebensmittel loszuwerden, aber immer eine Kunst, einen vernünftigen Preis dafür zu bekommen.

Sechs

Was wir uns nicht recht vorstellen konnten, war, was für schwere Zeiten die Deutschen gerade durchmachten. Und ich meine jetzt nicht die deutschen Juden; ich spreche von den guten Deutschen, den richtigen, den Ariern. Jung zu sein in Deutschland hieß genauso arm zu sein wie wir in Wien, genauso arbeits- und orientierungslos, nur ohne böhmischen Witz, polnischen Schmäh und ungarischen Humor. Diese Lücke im Leben der Deutschen füllten aus Gründen, die man damals wie heute nicht verstehen kann, die Nazis. So wie eine Pointe nur funktioniert, wenn man eine Geschichte überhöht, so funktionierte die nationale Wiedergeburt Germanias nur, indem man das Deutschtum zu einer Karikatur verunstaltete und in der Anbetung pseudowissenschaftlicher Rassenideale übersah, wie lächerlich dieses ganze Konstrukt war. Wir hatten genug Probleme im Alltag, auch weil wir als Künstler und Unternehmer immer kurz vor dem Durchbruch standen; aber die gute Laune hielt uns davon ab, deshalb Europa in Schutt und Asche zu legen und siebzig Millionen Menschen umzubringen. Der Historiker widerspricht mir: Die Österreicher hätten es 1938 in Rekordzeit geschafft, noch bessere Nazis zu werden als die Deutschen selbst.

Im Sommer 1933 dachten wir jedenfalls noch, die Nazizeit würde bald wieder vorbei sein. In einem Brief von Willy an seine Hansi auf Sommerfrische reimten er und Schnelldichter Peiper noch ein Lied, in dem sie der Witzfigur Adolf Hitler alles Gute für sein bizarres Projekt wünschten.

15. Juli 1933, Willy Geber und Robert Peiper an Hansi Losert von Wien nach Scheiblingkirchen:

> Ich kann nicht viel schreiben, weil Peiper u. Willner daneben sitzen und auch etwas schreiben wollen. Neuester Nazi-Schlager Geber-Peiper soeben fertig gestellt:
>
> Deutsches Volk, nun bist bald du befreit,
> wir marschieren, wir marschieren.
> Deutsches Volk, ein Mann ist längst bereit,
> dich zu retten vor'm Krepieren:
>
> Hitler voran, du bist der Mann,
> der uns Deutsche retten kann.
>
> Strömet herbei, schließet die Reih',
> dann ist die Knechtschaft vorbei.
> Wascht frei das Land von Lüge und Verrat,
> von Ost bis West und von Stadt zu Stadt.
>
> Hitler voran, du bist der Mann,
> der uns Deutsche retten kann!
>
> Deutsches Volk, nun Schluß mit deiner Schmach,
> wir marschieren, wir marschieren.

Den Verrätern hilft kein Weh und Ach,
die braunen Führer, sie diktieren:

Hitler voran, usw.
Copyright by Völkischer Verlag

Ich habe mich später lange genug vor meinen Verfolgern verstecken müssen, um hier einen von ihnen genauer vorzustellen, wenn Sie erlauben. Ich habe erst 1948 erfahren, dass ich einen dunklen Begleiter in meinem Leben hatte, und dieser Mann, dem ich nie persönlich begegnet bin, war ein Deutscher, er war lupenreiner Arier, protestantischer Christ, und er trug den Allerweltsnamen Günther Herrmann. Der Historiker hat mir erzählt, er habe versucht, mit den Söhnen meines Schattens in Norddeutschland und Australien Kontakt aufzunehmen, aber sie hätten die Geschichte ihres Vaters auch siebzig Jahre nach dem Krieg noch nicht verarbeiten können. Einer weigerte sich, über ihn zu sprechen, der andere erlog hastig eine dänische Abstammung, um den Hörer schneller auf die Gabel knallen zu können. Das ist jammerschade; beide Buben können natürlich nichts für ihren Vater, auch wenn er unter den schlimmsten Nazis einer der übelsten war. Auf meiner persönlichen Liste der ärgsten NS-Schlächter würde er es in die Germany Top 20 schaffen.

Günther Herrmann, mein dunkler Begleiter, war etwa so alt wie Ilse, er wurde 1908 in der preußischen Kleinstadt Minden als Sohn eines armen Kaufmanns geboren. Er besuchte wie wir eine Realschule und war, wie wir auch, ein mittelmäßiger Schüler, der eine Klasse wiederholte und doch 1927 das Abitur bestand. Danach inskribierte er in Kiel, später in Göttingen und Münster auf den dortigen juridischen Fakultäten und absolvierte die beiden Staatsexamen. Da er keine Dissertation schrieb, bleib er im deutschen Sprachgebrauch titellos, in Österreich und den von der Monarchie geprägten Ländern seiner weiteren beruflichen Stationen wurde er als Volljurist unvermeidlich »Dr. Herrmann« genannt. Er war ein Aufsteiger aus kleinen Verhältnissen, und seine Karriere wäre, bevor sie begann, eigentlich schon wieder zu Ende gewesen: Der Rekrutierungsbeamte im Staatsministerium schrieb ihm im Sommer 1934 zu seinen Berufsaussichten: »Ich weise Sie indessen darauf hin, daß angesichts der großen Zahl an Gerichtsassessoren die Beschäftigungs- und Anstellungsverhältnisse im Bereich der preußischen Justizverwaltung außerordentlich ungünstig sind.«

Günther Herrmann braucht ein Kriechmittel für seine Karriere. Er tritt vorsorglich schon im Mai 1933 der NSDAP bei, unklugerweise auch der SA, wechselt aber 1935 – ganz wie mein Juristen-Schwager Erich Focke – zur SS. Die einzige Institution, die in diesen Jahren dringend junge Juristen sucht, ist die Gestapo. Dort absolviert er im ersten Halbjahr 1935 eine Schnupperlehre und ein Schulungslager und wird im Herbst desselben Jahres ins preußische Innenministerium übernommen – da ist er schon stellvertretender

Leiter der Gestapo Kiel und wird gleich darauf oberster Beamter der Gestapo in Kassel. Nicht dass es ein richtiges Alter für einen Gestapo-Chef gäbe, aber da ist der Mann gerade siebenundzwanzig Jahre alt.

Günther Herrmann verliebt sich 1934, und zwar wie Geber in ein viel jüngeres Mädchen, in die erst siebzehnjährige Ursula Krone. Er verlobt sich und informiert 1936, als es ernst wird mit den Heiratsplänen, brav seine SS-Vorgesetzten davon. Die drohen ihm gleich als Erstes mit einem unehrenhaften Rausschmiss aus der SS – er hätte vorher in seinem unheiligen Orden nachfragen müssen, ob er diesem Fräulein überhaupt einen Antrag machen darf. Jetzt beginnt für beide Brautleute die Mühsal eines großen Ariernachweises; ich glaube, da hat er begonnen, uns Juden zu hassen. Denn der einzige Grund, hundertachtundzwanzig Vorfahren suchen zu müssen, ist die krude Idee der Sippenämter, dass da auf gar keinen Fall ein Jude dabei sein darf. Er muss wie seine Frau zum Gesundheitscheck. Die Protokolle sind schon beim Lesen peinlich, buchstäblich bis unter die deutsche Eichel wird alles geprüft, gewogen und gemessen – mit dem Ergebnis, dass den verliebten jungen Leuten nach über einem Jahr die Heirat genehmigt wird, allerdings, begründet mit der Zuckerkrankheit seines Vaters und zwei fehlenden Backenzähnen der Braut, nicht ohne den Hinweis, mit einer Eintragung allfälligen Nachwuchses ins SS-Zuchtbuch sei nicht zu rechnen.

Sieben

Ich bekomme einen Anruf aus Innsbruck-Wilten. Es ist der Historiker, der sich vorgenommen hat, im Rahmen seiner Recherchen für den Film alle offenen Fragen zu meiner Biographie zu klären. Er hat sich eine Liste gemacht und trägt mir feierlich vor, welche Luxusprobleme ihn derzeit den Schlaf kosten.

1. Wer waren Sie wirklich?
2. Warum haben Sie eine jüdische Identität kopiert?
3. Wann haben Sie das getan?
4. Warum sind Sie 1945 nicht zu Ihrem alten Namen zurückgekehrt?
5. Wer war der andere Ernst Bechinsky?
6. Kannten Sie den echten Ernst Bechinsky schon in Wien?
7. Wusste der echte Bechinsky von seinem Doppelgänger?

Ich sage ihm, das sei ein bisschen viel auf einmal und ich hätte umgekehrt eine andere Frage: Wie genau bin ich aufgeflogen? Das könne er mir schon erzählen, sagt der Historiker.

Niemand in Innsbruck hegte bis ins Jahr 2012 den kleinsten Verdacht, dass meine unspektakuläre Biographie eventuell neu beurteilt werden müsste. Mein Lebens-Erzählungsentwurf war wasserdicht. Die vielen Menschen, die mich vor dem Krieg unter anderem Namen gekannt haben, hatten aus Zuneigung dichtgehalten oder mich nie mehr getroffen. Der Historiker findet es außergewöhnlich, dass mich tatsächlich niemand, sei es absichtlich oder versehentlich, verraten hat. Ich auch.

Dieser Ernst Bechinsky war einfach zu gut, um wahr zu sein. Er sah mir nicht nur bis ins hohe Alter ähnlich, er war irgendwann einfach nicht mehr in Europa, und vor allem brauchte er seine ganze Wiener Biographie von vorher nicht mehr. Und er konnte schweigen … hat mich später meine ganze Überredungskunst gekostet und, offen gesprochen, ein paar Scheine dazu.

Ernst Bechinsky wurde am 12. Juli 1902 in Wien geboren, als jüngstes Kind des Schneidermeisters und Buchhalters Ignatz Bechinsky aus Tutschap in Böhmen und seiner Gattin, der Julie Pollak aus Eisenstadt. Beschinsky und Bechinsky (ohne *s*) waren schon damals kaum auseinanderzuhalten, der Wiener Beschneidungsprotokollant musste zweimal ansetzen, bis er den schönen Namen richtig schrieb.

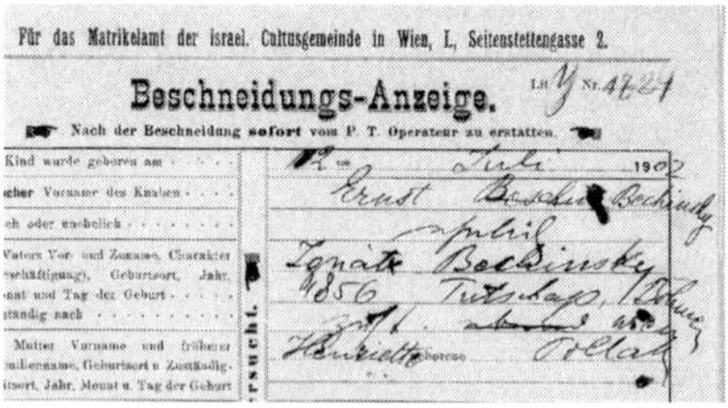
Für das Matrikelamt der israel. Cultusgemeinde in Wien, I., Seitenstettengasse 2.

Beschneidungs-Anzeige.

Nach der Beschneidung **sofort** vom P. T. Operateur zu erstatten.

Kind wurde geboren am	12. Juli 1902
Vorname des Knaben	Ernst Bechinsky
…ch oder unehelich	ehelich
Vaters Vor- und Zuname, Charakter (Beschäftigung), Geburtsort, Jahr, Monat und Tag der Geburt, zuständig nach	Ignatz Bechinsky 1856 Tutschap, Böhmen
Mutter Vorname und früherer Familienname, Geburtsort u. Zuständigkeitsort, Jahr, Monat u. Tag der Geburt	Henriette geborene Pollak

Ernst Bechinsky wächst in der Adambergergasse 7 auf, im selben Haus wie Willy Geber, gegenüber von Nummer 10, wo die Familie Peiper wohnt. Geber und

Bechinsky gehen jahrelang in dieselbe Klasse in der Realschule hinter dem Augarten. Dann stirbt Ernst Bechinskys Mutter, er hat ein miserables Schuljahr, muss die fünfte Klasse wiederholen und wird schließlich mit siebzehn von seinem Vater vorzeitig aus der Schule genommen.

Etwas später schloss ich mich dieser Gruppe an. Meine Familie wohnte ab 1915 ein Jahr in der Oberen Augartenstraße 46, das war mein erstes Jahr in Wien, und bald waren Geber, Peiper und Bechinsky meine Freunde.

Schon mit zwanzig besorgt sich Ernst Bechinsky einen Reisepass und will nach Palästina. Es gebe einen Herrn Samuel Rosenberg, der ihm dort helfen wolle, gibt er beim Auswanderungsamt als Referenz an. Die Reise findet nie statt. Im Jahr 1925, als Peiper und Geber ihren desillusionierenden Aliyah-Ausflug machen, beantragt Bechinsky erneut einen Reisepass. Diesmal gibt er an, er wolle (als Schulabbrecher, das sagt er nicht) der Eröffnung der neuen Hebräischen Universität Jerusalem beiwohnen. Die wurde tatsächlich 1925 eröffnet; er hat allerdings nichts versäumt, denn die erste Vorlesung fand erst drei Jahre später statt. Peiper und Geber fahren hin, Bechinsky fehlt das Geld und die Aussicht, dort auch einwandern zu können – also bleibt er in Wien. Aber er ist hartnäckig; er organisiert sich einen Führerschein, arbeitet in Wien als Taxifahrer und Chauffeur für verschiedene jüdische Firmen und schafft es tatsächlich, 1930 ein begehrtes Zertifikat für Palästina zu bekommen. Nur damit kann er auch legal dort bleiben. Er wohnt wie Geber immer in der Adambergergasse 7, Geld für eine eigene Wohnung hat damals keiner von uns. Er ist Gebers Busenfreund und wir kommen, solange wir das Thema Palästina ausklammern, immer gut aus. Im Juni 1930 fährt er auf der *SS Adria* nach Palästina und verschwindet kommentarlos vom Radar der österreichischen Behörden. Nicht einmal abgemeldet hat er sich in Wien, das Meldeamt lässt erst Anfang 1940 überprüfen, ob ein Mann dieses Namens noch an dieser Adresse wohnt.

Das später aus seinem Reisepass gerissene Photo trägt den Rundstempel der Polizeidirektion Wien und zeigt ihn als achtundzwanzigjährigen Mann in Anzug und Krawatte, der sich aufmacht, ein *Chaluz* zu werden.

An Ernst Beschinsky ist wirklich alles perfekt, bis über unser Ableben hinaus. Er liegt seit 1969 in Holon südlich von Tel Aviv begraben, ich seit 1987 in Innsbruck. Ernst Beschinsky ist zweimal gestorben und begraben worden, nichts könnte unsere selige Ruhe stören – außer es gäbe Streit in der Familie. Meine Mischpoche war immer so harmonisch, dass mich die liebe Ilse einmal fragte, ob das dauernde Kuscheln, Necken und Blödeln mit meiner Mutter und meinen Schwestern in allen jüdischen Familien üblich sei. War es natürlich nicht, und war es leider auch bei den Bechinskys nicht. Hätten sich die auch so lieb gehabt wie wir, wäre meine Geschichte nie aufgeflogen.

Paul Bechinsky war Ernsts Bruder. Der Historiker hat seinen achtzigseitigen Einbürgerungsakt ins Vereinigte Königreich gefunden, und darin steht – neben den üblichen indiskreten Fragen des abgrundtiefen Misstrauens des britischen *immigration officers* gegen einen alten Wiener Juden – einiges zu seiner Lebensgeschichte. Paul war in Wien wie alle Bechinskys in der Mode tätig. Der dritte Bruder Hans nähte und produzierte sein Leben lang Regenmäntel, Paul vertrieb zunächst und entwarf dann Abendkleider. Von 1909 bis 1933, so berichtet er der Königin von England, sei er, nur unterbrochen von vier Jahren an der Front, als Lehrling und Reisender mit *ladygowns* in Österreich unterwegs gewesen.

Zweimal hat er es damit sogar in die Zeitung geschafft: einmal in den Sportteil, als er noch als halber Bub im Werksteam der Firma Max Kohn & Co als Fußballer glänzte, zu erkennen auf dem Bild links vorne. Das andere Mal geriet Paul Bechinsky in die Rubrik Vermischtes, als ihm in den Zwanzigerjahren

Die Fußballmannschaft des Sportclubs Max Kohn & Co.

in Linz ein nicht lizensierter Gepäckträger seine beiden Musterkoffer nicht wie vereinbart ins Hotel brachte, sondern versehentlich einem Schwindler aushändigte, der sich spontan als der rechtmäßige Empfänger ausgab.

Im Winter 1928 heiratet Paul Bechinsky in Wien seine Käthe, Ende 1929 kommt schon Tochter Edith zur Welt. Wenn Sie jetzt glauben, die Geschichte schweife ab und es kämen zu viele unwichtige Nebencharaktere vor: Edith Bechinsky wurde am Ende ihres Lebens zu einer Hauptdarstellerin dieser Kriminalgeschichte im Textilmilieu, sie ist die Auslöserin des ganzen versehentlich aufgetrennten biographischen Stoffes.

Ich habe leider keine Handhabe, die Entstehung des Films zu verhindern, daher werde ich Ihnen und Ihren Auftraggebern, sage ich dem Historiker, die Fakten aus meiner Sicht präsentieren. Ich stelle, so gut es geht, die Fehler bei der Rekonstruktion der wahren Geschichte einer Fälschung richtig. Ich ergänze die fehlenden Teile der Recherche eines ewigen Studenten ohne akademischen Titel und die schier hollywoodeske Verkennung meiner Person im Nazi-Tunnelblick eines Filmprofessors aus Jerusalem.

Im Zuge der Abwicklung einer erblosen Verlassenschaft in England interessierten sich Anwälte und Familienforscher, in meinem Verständnis eher Glücksritter der schlecht ausgeleuchteten Ecken des Zivilrechts, für die Familie Bechinsky in Wien. Angerichtet war ein schmuckes Häuschen in einem Londoner Vorort; so etwas kann Phantasien von siebenstelligen Pfundbeträgen auslösen, sowohl bei prozentuell beteiligten Rechtsverdrehern als auch bei Genealogen und deren Forschungsgegenstand, der nun unverhofft zu Reichtum gelangten erweiterten Großfamilie Bechinsky.

Ich kann nicht verstehen, dass man als Mitglied einer aus Wien vertriebenen Mischpoche kinderlos in London stirbt und kein Testament hinterlässt, das die Verwandten in Florida und Israel begünstigt. Was muss Edith Bechinsky für ein einsamer Mensch gewesen sein. Wie ich mittlerweile weiß, ist das Thema Erben in der Familie Bechinsky – und damit steht sie nicht allein da – gründlich verkompliziert und mehrfach mit Streit belastet. Die noch lebenden Mitglieder der Großfamilie kommunizieren nur in Einzelfällen miteinander, und die unvermeidlichen Begleiterscheinungen des Erbens – dass der eine glaubt, er sei irgendwo zu kurz gekommen, und der andere überzeugt ist, es müsse noch vor ihm versteckte Reichtümer geben – ziehen sich durch alle Erzählungen zur erweiterten Sippe.

Edith Bechinsky stirbt also 2010 in London und hinterlässt ein Haus mit der Adresse 61 Hardinge Rd, London NW10. Man muss kein Immobilienexperte sein, um zu wissen: Hier sind interessante Beträge im Spiel. Und um diese nicht dem englischen Königshaus zufallen zu lassen, kommt es zur Familienzusammenführung durch Dritte.

Was wäre das für ein Coup gewesen, hätten meine Nachkommen dieses Haus geerbt! Leider habe ich keine. Ein Datum in einem Formular, das ich nicht selbst ausfüllen konnte, weckte die Neugier des federführenden Genealogen Herbert Gruber: mein im Geburtenbuch der Israelitischen Kultusgemeinde Wien nachgetragenes Todesdatum. Es stimmt natürlich nicht mit dem Sterbedatum des in Israel verstorbenen Ernst Bechinsky überein.

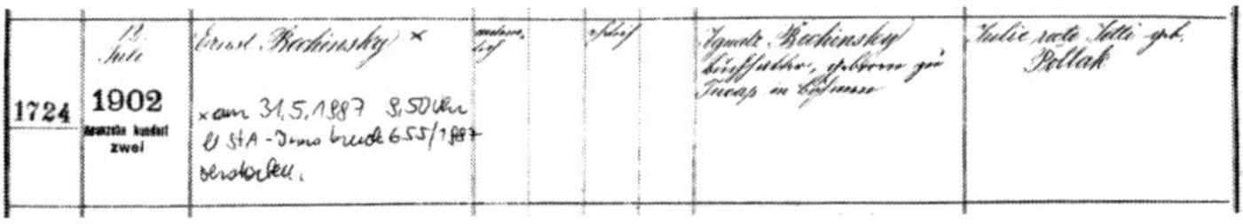

1724	12. Juli 1902 neunzehn hundert zwei	Ernst Bechinsky × × am 31.5.1987 8.50 Uhr lt. StA-Innsbruck 655/1987 verstorben.	[illegible]	[illegible]	Ignatz Bechinsky [illegible]	Julie recte Lotti geb. Pollak

Der Filmemacher Yair Lev interessiert sich für die Geschichte und stellt sich in Wien und Innsbruck als Enkel des *echten* Ernst Bechinsky vor. Bekannt ist zu diesem Zeitpunkt nur, dass es zwei Personen gegeben hat, die in unterschiedlichen Ländern behauptet haben, derselbe am 12. Juli 1902 in Wien geborene Ernst Beschinsky zu sein. Beim ersten Besuch des Filmteams in Innsbruck wird der Historiker auf dem israelitischen Friedhof befragt. Er ist sich da noch lange nicht sicher, wessen Geschichte echt und welche falsch ist, sagt er mir. Unsere ehemalige Sekretärin Miriam Krug steht vor meinem Grab und fragt etwas theatralisch in die Kamera: »Beschinsky, wer bist du gewesen?« David Deri, der Produzent und Kameramann der kleinen Crew, und Yair Lev engagieren den Historiker, um herauszufinden, wie der Plot wirklich gelaufen ist.

Leider habe ich fast keine Bilder aus der Zeit vor dem Krieg retten können. Dabei habe ich wirklich gerne photographiert, wie Sie an den Abzügen erkennen können, auf denen ich zu sehen bin: Fast immer habe ich da meine Agfa-Box geschultert. Ich habe bei jeder Gelegenheit meine Familie und meine Freunde photographiert, aber die Bilder sind in der ganzen Aufregung der nächsten zehn Jahre verloren gegangen.

Auf dieser netten Aufnahme ist meine halbe Welt versammelt; sie muss ungefähr 1931 entstanden sein. Neben mir die fröhliche Hansi Losert und der allumspannende Willy Geber, rechts außen etwas unkommod auf dem Zaun sitzend meine liebe Mama; im Gras davor meine Schwestern Anni und Erna.

Die Photos aus der Zwischenkriegszeit hat der Historiker in den Alben anderer Leute gefunden; der Gebers in Los Angeles, der Bechinskys in Israel, der Peipers in Schweden. Die Personen darauf haben vielfach erst die Laubs in Buenos Aires und Lima erkannt.

Noch aber sitzen alle diese Familien in Wien. Die mittleren Dreißigerjahre haben uns zum Teil erheblich mehr Sorgen als Unterhaltung bereitet. Emma Laub, die gastfreundliche und vergnügte Hausherrin in Scheiblingkirchen, vergiftet sich 1935 beim Heidelbeerenessen mit Tollkirschen und stirbt daran. Peiper hat sich mit seinen prononciert kommunistischen Positionen praktisch selbst ein Aufführungs- und Publikationsverbot im österreichischen Ständestaat erteilt und versucht, in benachbarten Ländern unterzukommen. Dort findet er immer leicht Anschluss an die kleine, verschworene linke Untergrundbewegung, aber Geld, um eine Familie zu ernähren, kann man da auch nicht verdienen. Er schneidet sich im April 1935 sogar noch im Schillerpark die Pulsadern auf, wird aber zum Glück schnell gefunden und gerettet.

Wenigstens lassen sich endlich meine Eltern scheiden, viel zu spät für meinen Geschmack. Für Juden ist eine Scheidung im Prinzip kein religiöses Problem wie für Christen, man muss nur dem Rabbiner erzählen, dass es drei Versöhnungsversuche gegeben hat, damit er die in sein Formular eintragen kann. Bei meinen Eltern, die seit mindestens zwanzig Jahren in ewiger Zerrüttung lebten, gab er schon nach dem ersten Versuch seinen Segen.

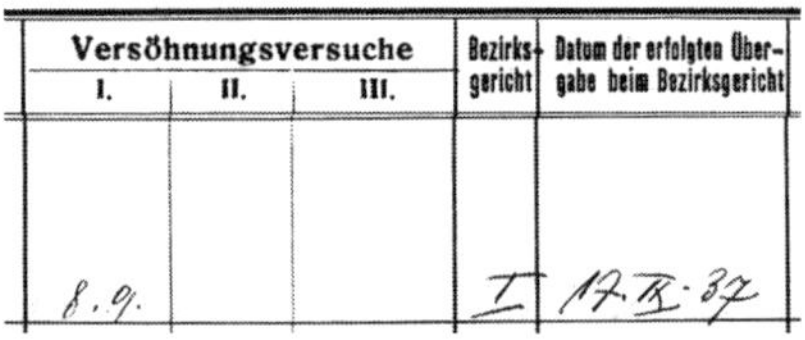

Versöhnungsversuche			Bezirksgericht	Datum der erfolgten Übergabe beim Bezirksgericht
I.	II.	III.		
8. 9.			I	17. IX. 37

Im Herbst 1937 gründete ich mit meinem Vater Hersch – in Österreich schrieb er sich Hirsch, in Polen Hersz, in Deutschland Heinrich und in Frankreich Honoré –, als wieder einmal nur Erdäpfel zu bekommen waren, eine kleine Firma in der Franzensbrückenstraße. Das Gewerbe lautete auf »Herstellung und Erzeugung von Rohscheiben«. Außerhalb von Wien glaubt man vielleicht, das seien Halbfabrikate für die Schleifmittelindustrie – im Zweiten wusste jeder, was Rohscheiben waren. Es gibt verschiedene Geschichten, wer sie erfunden hat, für mich als Leopoldstädter Lokalpatrioten war es natürlich der Koch im nahen Schweizerhaus. Jedenfalls handelt es sich dabei um eine Austro-Daimler-Variante von dicken Kartoffelchips. Man muss sie in zwei verschieden heißen Ölen braten, um sicherzustellen, dass sie durch sind, und um die charakteristische Polsterform zu erzielen; wir frittierten im Kellerlokal und schickten die Burschen mit den duftenden Rohscheiben auf den Praterstern, um die Ware an die Kunden zu bringen. An dem Haus Franzensbrückenstraße 3 hängt übrigens heute eine Gedenktafel, die erklärt, in diesem Haus sei Peter Altenberg geboren worden; die Wissenschaft hat zwar mittlerweile festgestellt, dass er in der nahen Ferdinand-Straße – damals Leopoldstadt 634 – das Licht der Welt erblickt hat, aber die Tafel hängt immer noch dort. Nicht jeder Fehler ist gleich eine Fälschung.

1938

1938 war – ich hoffe, das ist jetzt kein Klischee – kein gutes Jahr für uns Wiener Juden. Dabei begann alles noch mit guten Nachrichten. Meine liebe Ilse holte sich im Februar das Absolutorium an der Universität und hätte nur mehr gelegentlich ihre Dissertation nachreichen müssen. Meine Schwester Anni ging mit ihrem Verehrer nach Belgien, um ihr Französisch in der Heimat der Erdäpfel-Frittierer zu perfektionieren. Peiper war mittlerweile mit Gattin und beiden Söhnen in Dänemark auf der Suche nach einem Chefredakteur, mit dem er sich noch nicht zerstritten hatte, und Willy Geber stand in Wien endgültig kurz vor dem Durchbruch als Komponist. Seine Frau Hansi war zum ersten Mal schwanger. Ernst Bechinsky hatte in Palästina ebenfalls geheiratet, war Vater einer süßen Tochter und hatte es im hektischen Mandatsgebiet irgendwie geschafft, einen gemütlichen Schreibtisch-Job als Sekretär der zionistischen Zitrusbäume-Verwaltung zu bekommen.

Habe ich Ihnen schon von meinem kleinen Bruder David berichtet? Er war ein Nachzügler, 1917 schon in Wien geboren, benannt nach unserem verstorbenen Großvater und abenteuerlich verzärtelt von meiner

Mutter und meinen lieben Schwestern. Er lernte nichts oder nichts ganz, ging manchmal meinem Vater zur Hand, aber war fürs Geschäftsleben viel zu einfach gestrickt. Er geriet bald in die schlechtesten Kreise, weil er ständig mittellos und dabei gutgläubig und leicht verführbar war. Anfang März 1938 brachte er uns dann noch die Schande ins Haus: Mit dem Kürschnergesellen Isidor Weitz versuchte er, einen Pelz, der beiden nicht gehörte, in einer Versatzanstalt zu versilbern. Mein kleiner Bruder wurde verhaftet und kam mit vollem Namen und Adresse in die Zeitungen, die ihn auch noch als Anstifter der Dummheit bezeichneten.

Am 4. d. M. nachmittags wurden der 24jährige postenlose Kürschnergehilfe Isidor Weitz, D'Orsaygasse 7, und der 20jährige arbeitslose David Willner, Glasergasse 14, in einer Versatzanstalt in der Leopoldstadt verhaftet, als sie eben einen braunen Damenpelz versetzt hatten. Die Erhebungen ergaben, daß die Krankenpflegerin Rosa Heide aus Hietzing diesen Pelzmantel dem Weitz zur Reparatur gegeben hatte und daß dieser ihn über Anstiften des Willner veruntreut hatte.

Was war das für eine unglaublich schlechte Idee, sich am vierten März 1938 als polnischer Jude in Wien verhaften zu lassen. Meine Mutter brachte tagelang kein Wort heraus und traute sich natürlich auch nicht mehr vor die Wohnungstüre.

Dann kam – für mich nicht völlig überraschend, aber doch viel schneller als gedacht – der Hitler. Ich lebte seit zwanzig Jahren in meiner jüdischen Lebens-Künstler-Blase und hatte übersehen, was sich da entwickelte. Ich persönlich kannte wirklich niemanden, der sich den Herrn aus Braunau auf dem Heldenplatz angesehen hätte, aber die Wiener ließen uns sofort wissen, worauf sie seit 1915 gewartet hatten: Der Kaiser hatte es ihnen nicht gewährt, das Rote Wien hatte es ihnen nicht erlaubt, der Dr. Schuschnigg hatte es ihnen nicht gestattet, jetzt durften sie endlich: ein kleines Pogrom machen! Wir Wilkis wussten schon aus unserer Familiengeschichte, was da auf uns zukommen würde, viele Wiener Juden aber waren völlig überrascht, dass man ihnen die schönste Assimilation jetzt nicht mehr anrechnete. Absurd fanden wir es trotzdem, wir waren doch der Motor der Metropole, nicht nur der Leopoldstadt. Wir waren für das bisschen Unterhaltung in der langweiligen Zwischenkriegszeit zuständig und dabei offenbar so sichtbar, so erfolgreich und selbstbewusst geworden, dass den guten Wienern nur mehr der blanke Rassenhass blieb, um sich selber auch wieder für etwas Wertvolles halten zu können. Von allem, was danach kam, hat sich Wien in sechzig Jahren nicht richtig erholt; man könnte auch sagen: Die schlechtesten Wiener sind geblieben und die besten sind gegangen.

Unsere Familie war in kürzester Zeit keine Familie mehr. Meinen unglücklichen Bruder David schob die Wiener Polizei gleich im April nach Polen ab. Ich habe ihn am 20. April 1938, als die Wiener draußen wie kleine Kinder Schicklgrubers Geburtstag feierten, das letzte Mal gesehen. Meine Schwester Anni floh von Belgien, wo ihr die Behörden keine Aufenthaltsgenehmigung mehr gaben und ihr empfahlen, sie solle, wenn ihr Wien zu heiß sei, doch nach Polen zurückgehen, nach Paris. Von dort aus versuchte sie alles, meine Mutter und meine Schwester Erna nachzuholen.

Es dauerte keine drei Monate, bis dem letzten Wiener Juden klar war, hier konnte man nicht bleiben; aber *wo ahin sollten mir gen?* In der Wiener Kultusgemeinde beschloss man, uns einstweilen mit gut gemeinten, aber völlig nutzlosen Formularen zu trösten. Mein Vater füllte seinen Auswanderungsfragebogen aus und schrieb ins Feld *Wohin wollen Sie auswandern?* trocken: *Wo es nur geht.* Ökonomen wurden weltweit nicht gesucht, er war knapp sechzig und polnischer Staatsbürger, das hieß für ihn Ausreise nach Krakau. Ich habe ihn am 23. August 1938 das letzte Mal gesehen.

Für alle österreichischen Juden war es, wie man sich denken kann, das blanke Grauen. Ich traue mich fast nicht, das zu sagen, aber für mich hatte die Unordnung auch etwas Unterhaltsames. Was hätte diese Aufregung für Gelegenheiten geboten! Man hätte die schönsten Klaviere und Ölbilder um wenig Geld kaufen können. Gemacht haben diese Geschäfte dann nicht galizische Schieber, sondern unsere arischen Nachbarn und die Republik Österreich, damals noch unter dem Etikett Großdeutsches Reich. Beide haben achtzig Jahre später immer noch nicht alles zurückgegeben, was sie sich da günstig besorgt haben.

Peiper war nach den schlimmen Jahren in Wien und gänzlich ohne vernünftige Aufträge schon früher bereit gewesen, zu gehen: Er übersiedelte noch 1935 nach

flyktninger.

Nansenhjelps store aften i Ingeniørenes Hus 12. mai har krav på den største opmerksomhet.

Robert Peiper.

Dänemark und 1938 weiter nach Norwegen. Ich bewunderte ihn für seinen Mut und das Talent für die skandinavischen Sprachen; mich zog diese Gegend nicht besonders an. Ich sah überhaupt keine Verdienstmöglichkeiten da oben, vom Wetter und vom Kaffee gar nicht zu reden. Als Journalist und Schriftsteller in eine fremde Kultur zu wechseln war ja schwierig genug, aber Peiper verwertete seine früheren Schriften ausgezeichnet, verkaufte sein Buch *Hollywood in allen Gassen* mehrfach als Fortsetzungsgeschichte und korrespondierte mit allen gut vernetzten Feuilletonchefs südlich des Polarkreises. Als Schauspieler im Ausland Erfolg zu haben, ist allerdings fast unmöglich. So kam ihm also der Anschluss Österreichs ans Deutsche Reich 1938 nicht so ungelegen, weil es plötzlich in Skandinavien zu den vielen deutschen zusätzlich hunderte österreichische Exilanten gab; diese hatten natürlich gar keine Lust, die regionalen Dialekte der nordischen Länder zu erlernen, und freuten sich über Aufführungen von österreichischen Klassikern auf deutschen Bühnen für das gehobene deutsch-österreichische Exil-Publikum. Die geflüchteten Wiener Schauspieler boten Grillparzer-Abende und Kraus-Lesungen, die Berliner Kollegen lasen Brecht, Heine und Tucholsky.

Mein dunkler Begleiter Günther Herrmann wurde noch im Frühjahr 1938 von einem gewissen Adolf Eichmann nach Wien gerufen. In meine Stadt. Wir sind uns nie begegnet, da bin ich sicher. Ich bin auch nie zur Auswanderungszentralstelle hingegangen. Bis die offen war, stand meine Strategie längst fest; ich plante meine Flucht lieber ohne die freundlich-neugierige Hilfe von Kultusgemeinde, Sicherheitsdienst und Gestapo.

August 1938, ich konnte nicht in Wien bleiben, der Druck wurde zu groß. Willy Geber war mit seinem märchenhaften Gustav-Gans-Glück noch am letzten Tag, an dem die Grenze bei Hohenems offen war, in die Schweiz gelassen worden. Da hätte ich gleich mitwaten sollen, aber vermutlich hätten mir meine unvollständigen Papiere dort wenig geholfen, auch wenn der legendäre Hauptmann Grüninger vielleicht für mich auch eine Lösung gefunden hätte.

Ilses Tiroler Familie hatte eine schöne Zeit in diesem *summer of '38*. Wie sich schnell herausstellte, waren sämtliche Eltern, Geschwister und Schwägerinnen der lieben Ilse immer schon heimlich Nationalsozialisten gewesen. Man reichte sich kokett für die Auszeichnungen *Alter Kämpfer* und die Märzmedaille ein, um bei Gelegenheit auch etwas zum Ans-Revers-Stecken zu haben. Ilses Vater Emil bekam seine niedere Mitgliedsnummer wieder, keine so gewöhnliche über sechs Millionen wie viele andere Österreicher, sondern die viel prestigeträchtigere Nr. 1.528.205. In Innsbruck und Hall wurde bald intensiv nach jüdischen Geschäften Ausschau gehalten. Ilses Bruder Erich stieg in der neuen Handwerkskammer zum Geschäftsführer auf; ich vermute, er hatte jede Menge Arisierungsanträge auf seinem Schreibtisch. Im ganzen Wiedergeburtstrubel der nationalsozialistischen Welt verlor bald die NSDAP den Überblick über ihre eigenen Mitglieder und bat alle Parteigenossen, doch noch einmal präzise anzugeben, wann sie beigetreten waren und welchen Einheiten sie genau angehört hatten. Da gab es natürlich kein Halten, und alle Fockes gaben im Formular des *Parteistatistischen Erhebungsblattes* die tatsächlichen Beitrittsdaten von 1933 an – nicht die von 1938, an die sie sich nach dem Krieg erinnern wollten.

Im Juli 1938 wurde Ilses Mutter sechzig Jahre alt, und diese Familienbilder zeigen natürlich in erster Linie, wie phantastisch Ilse in ihrem Nadelstreif-Anzug ausgesehen hat. Mit dabei sind ihr Bruder Erich und ihre Schwägerin Margarethe mit Parteiabzeichen rechts im Bild, die Eltern links und Sohnemann Burschi vorne mit seinen Cousins Peter und Erika. Ilses Familie hoffte insgeheim auf ein nur vorübergehendes Faible ihrer etwas anders geratenen Tochter für mich, und man sieht auf den Bildern gut, wie sie doch der eigentliche Angelpunkt dieser Gruppe von hölzernen Akademikern bleibt, die nicht so recht wissen, wohin mit ihren Gefühlen in diesem für Nichtjuden rauschhaften Sommer.

Der Historiker meldet sich, und diesmal ist er richtig aufgekratzt. Er hat in zwei Familienarchiven Briefe gefunden, die aus der Anschluss-Zeit und danach stammen und die, so behauptet er, viele neue Fakten zu meiner Flucht und der meiner Freunde liefern würden. Außerdem, so sagt er, stützten diese Briefe seine ganzen ins Blaue erstellten Theorien über meinen Charakter perfekt, und er habe nun so etwas wie ein Protokoll vorliegen, wie sich alles zugetragen habe. Das freut mich alles nur bedingt.

Die erste Schachtel mit Briefen liegt in München bei der Familie von Ilses Schwester. Diese hieß wie ihre Mutter Alice, und es sind dort hunderte Briefe erhalten, die nur einen Schönheitsfehler haben: Kein Mensch kann sie lesen. Ilses Mutter hatte

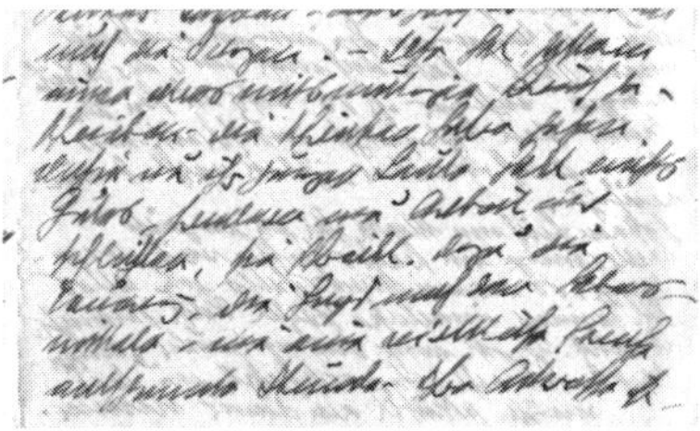

eine Handschrift, die kein Zensor damals und kein Historiker jemals entziffern konnte – eine Art alpiner Kurzschrift, bestehend aus ausschließlich wild geführten Zacken, ergänzt um Auslassungen und variierende Schludrigkeiten. Alice senior und Alice junior schrieben sich über den ganzen Krieg mehrmals wöchentlich, so oft, dass es leider nicht nötig war, das genaue Datum dazuzuschreiben, die dazugehörigen Kuverts mit den Marken hat ein Briefmarkensammler kassiert oder sie wurden später als Hitlerbilder entsorgt. Mit einem Archäologen dechiffriert der Historiker die Schrift schließlich doch noch: In den Briefen stehen großteils gute Ratschläge, gefolgt von mütterlichen Anweisungen zur Kindererziehung, nützlichen Tipps für die Alltagsgestaltung und kurzen Gedanken über das Leben selbst. Dazwischen steckt aber auch immer etwas über den Alltag der Fockes aus der schönen Zeit der späten Dreißiger- und frühen Vierzigerjahre in Hall in Tirol.

Der zweite Briefe-Fund des Historikers ist relativ umfangreich, und ich frage ihn, wie er denn zu diesen Sachen gekommen ist. Er sagt, mit guter alter analoger Rasterfahndung: Er hat in der Nationalbibliothek alle 250 Jahresberichte von Wiener Schulen aus den späten 1910er-Jahren gelesen, und in einem hat er einen Ernst Bechinsky gefunden, natürlich mit vielen Klassenkameraden, darunter auch Willy Geber.

Das schön choreographierte Klassenphoto von 1915 stammt aus einer Schublade der Mutter des Filmemachers in Israel und war als Postkarte an Willy Geber adressiert. Markiert ist Ernst Bechinsky, der große Blonde sollte Geber sein. In der Mitte ruht der Klassenvorstand, Herr Alexander Engelbert.

Willy Geber ist wirklich so etwas wie eine Schlüsselfigur meiner Lebensgeschichte, nicht nur für mein vergnügtes Dasein im Wien der Dreißiger, sondern auch für die Auflösung dessen, was der Historiker und der Filmemacher für mein Geheimnis halten. Es kann als recht glückliche Fügung angesehen werden, dass sie Willy Gebers Enkelin in Los Angeles gefunden haben und diese dort alle Briefe und Postkarten zwischen Geber und seiner Frau Hansi als Familienschatz aufbewahrt. Geber wurde, sagt der Historiker, zum *man in the middle*, in Wien würden wir eher sagen, zum *Dritten Mann*.

Willy Geber hat auf die Zensur gepfiffen und einfach alles, was ihm eingefallen ist, in seine Briefe geschrieben. Er flieht im Sommer 1938 allein über Hohenems nach St. Gallen, weil sich Hansi mit der im Juni in Wien geborenen Tochter Lore noch nicht mitzugehen traut.

Willy Geber war mein engster Freund, und das seit vielen Jahren. Ich glaube, ich war auch sein bester Freund, zumindest seit sich Ernst Bechinsky in die Levante abgesetzt hatte. Als er am 18. August 1938 in St. Gallen ankommt, schreibt er, wie er selber anmerkt, den längsten Brief seines Lebens. In diesem schildert er auf zehn Seiten atemlos und doch, weil er nicht anders kann, recht vergnügt seine Flucht über den Alten Rhein in die sichere Schweiz. Am Rhein hatte er in seinen Schlagern noch vor ein paar Jahren *Ein Deutsches Mädel* gekannt, jetzt schickten ihn deutsche Grenzer über die Furt bei Diepoldsau in die Schweiz. Ich bin ein wenig gerührt, dass Willy Geber schon am ersten Tag seiner Flucht an mich gedacht hat:

> Bitte, liebstes Hansile, teile Willners sofort meine Adresse mit. Anni soll sofort postlagernd Hauptpostamt St. Gallen express schreiben. Ihr könnt mir ins Casino Hotel schreiben. Heute gab es zum Mittag: Suppe, heiße Knackwurst mit Saft und Bröselnudeln, ich bin »angefressen«. Liebstes Hansile, schreibe viel viel, jedes kleinste Detail, ich erwarte schon sehnsüchtig Post. Manek soll sofort schreiben. Teile mir seine Adresse mit.

Mir läuft das Wasser im Mund zusammen, wenn ich an Knackwurst mit Bröselnudeln denke. Falls Sie die jüdischen Speisegesetze kennen: Wir haben uns nie besonders um koschere Küche gekümmert. Vielleicht wundern Sie sich aber auch, dass bisher der Familienname *Willner* noch nicht vorgekommen ist. Im Zuge der weiteren Ereignisse wird meine Identität noch eine Rolle spielen, also muss ich wohl erklären, dass ich bis zu diesem Zeitpunkt in meiner kleinen Welt als Manek Willner bekannt war. In meinen Dokumenten stand

Emanuel, die Familie rief mich *Mano*. Ich wurde am 28. November 1901 in Wańkowa als Sohn des Hersch Willner und der Michalina Woloska geboren. Unter diesen keinesfalls außergewöhnlichen Voraussetzungen begann mein Leben im beschaulichen podkarpatischen Hügelland des cisleithanischen Kronlandes Galizien.

Beschaulich war damals genau genommen natürlich gar nichts. Aber weil das Jahr 1938 schon so viel durcheinandergebracht hat, versuche ich jetzt etwas Ordnung in meine Lebensgeschichte zu bringen. Wir galizischen Willners stammten alle aus der Gegend des Marktfleckens Jaćmierz bei Brzozów, meine Eltern lebten und arbeiteten in Wańkowa, einem Dorf mit fünfhundert Einwohnern ein paar Kilometer östlich von Lisko, das wir Linsk nannten. Geographisch lebten wir im abgelegensten Teil der hintersten Provinz des Habsburgerreiches. Als Buben machten wir uns gelegentlich den Spaß, an der Wasserscheide frei zu entscheiden, via San und Weichsel in die Ostsee oder über den Dnjestr ins Schwarze Meer Wasser zu lassen.

Mein Heimatort war allerdings kein gewöhnliches Dorf mit Bauern, Kühen und Schafen (auch wenn es ein paar davon gab), sondern Teil der stolzen Industrielandschaft Mittelgaliziens; die Dörfer meiner Kindheit sahen eher aus wie ein texa-

BORYSLAW. Widok ogólny.

nischer Außenposten in den Wild-West-Geschichten von Peiper, denn hier lag die damals drittgrößte Erdölproduktion der Welt, die mit ihrem Petroleum alle Lampen Europas befeuern konnte. Die stolze *Société Anonyme des Petroles de Wankowa* verkaufte ihre Anteilscheine an den meisten Waren-Börsen, und unsere Ölfelder exportierten ihr schwarzes Gold über die Bahnhöfe von Uherce Mineralne, Olszanica und Ustrzyki Dolne nach Westeuropa. Über die Arbeitsbedingungen um die Öltürme sind schon dicke Bücher geschrieben worden; die ukrainischen Bauern der Region, aber auch viele jüdische Luftmenschen ruinierten sich in den Quellen zu Hungerlöhnen ihre Gesundheit und trugen damit zum Reichtum der Ölmagnaten bei. Unsere Familie sorgte dafür, dass sich die Arbeiter am Abend etwas zu essen kaufen konnten: Wir waren kleine Lebensmittelgrossisten.

In Wańkowa gab es drei, vier jüdische Häuser, die Sie heute nicht mehr zu suchen brauchen. In der Region ist in den ersten Jahren meines Lebens so oft Krieg geführt, gebrandschatzt und geplündert worden, dass die kleinen galizischen Holzhäuser nur immer von einem Überfall zum nächsten standen. Auch wir sind dann wie fast alle Juden der Region gleich zu Beginn des Ersten Weltkriegs geflohen. Die russischen Truppen rückten schnell gegen das überforderte österreichische Heer vor und schickten ihre Kosakenregimenter aus, um das bei den Juden vermutete Gold zu suchen und sich dabei alles zu nehmen, was man im Detail gar nicht fertigdenken möchte. Der wiederkehrende Traum von drei Uhr in der Früh, in dem ich mit meiner Familie in den Wald fliehe, stammt aus dieser Zeit. Wie jede Flucht war sie chaotisch und überstürzt, noch Jahre später suchten sich unsere Verwandten und Nachbarn über Annoncen in den Prager und Wiener Tageszeitungen. Mein Großvater David Elimelech Willner starb auf der Flucht im Juni 1915 in Pressburg/Pozsony/Bratislava. Meine Eltern, meine Schwestern und ich kamen einen Monat später in Wien an.

Ich meldete mich am 27. August 1938 in Wien ab und gab an, nach Belgien auswandern zu wollen. Wieso hätte ich der Wiener Polizei auch sagen sollen, was ich vorhatte? Eine Woche später saß ich als siebenunddreißigjähriger Manek Willner in Prag am Ufer der Moldau und konnte weder vor noch zurück. Mit meinem abgelaufenen Pass wäre ich zu diesem Zeitpunkt wahrscheinlich nicht einmal nach Polen hineingekommen; das Deutsche Reich, zu dem nun leider auch Wien gehörte, überhaupt nur zu betreten, war völlig undenkbar. Die Tschechen hatten genug eigene Sorgen und überhaupt kein Interesse, zehntausende Wiener Sozialdemokraten und hunderttausende deutschsprachige Juden durchzufüttern, geschweige denn sie dauerhaft aufzunehmen. In Prag drohte mir somit an jeder Straßenecke die Verhaftung und Ausweisung. Das Einzige, was noch erstaunlich gut funktionierte, war die Post in alle Länder – außer Deutschland. Ich diskutierte mit Peiper, der schon in Norwegen war, und mit Geber in der Schweiz, was ich machen könnte. Ich schickte meine Briefe an Ilse in Tirol über Gebers Fluchtort St. Gallen. Ilse sandte ihre Antworten über Geber postlagernd nach Prag. Die Zensurstellen waren zum Glück völlig überfordert, sie hatten viel zu wenig Personal, um unsere täglich geschriebenen Nachrichten zu kontrollieren oder unsere Aufenthaltsorte zu eruieren. Hatte jemand doch etwas geschrieben, das einen anderen kompromittieren könnte, strich man das im Antwortschreiben derart übertrieben empört heraus, dass die Behörden wieder nicht wussten, was jetzt stimmte und was nicht.

Günther Herrmann wurde von Wien wieder in sein idyllisches Lebkuchen-Fachwerkstädtchen Kassel zurückgeschickt. Dort gelang ihm etwas, was die wenigsten Experten für Judenverfolgung wissen: Er erfand die Reichskristallnacht. In Kassel fand die nämlich schon am 7. November 1938 statt, inklusive zerstörter Synagoge, verhafteter Familienväter, geplünderter Geschäfte, alles gedeckt und organisiert von Gestapo und SS.

Kurz vorher saß die Familie des Herschel Grynszpan im kalten November 1938 ohne Pass und ohne Einreiseerlaubnis im polnisch-deutschen Niemandsland fest. Dort hätte ich sie wahrscheinlich getroffen, wäre ich dem Ausweisungs-Befehl für polnische Juden der Wiener NS-Behörden gefolgt. Herschel lebt in Paris, und als er eine verzweifelte Postkarte seiner Schwester erhält, reicht es ihm, und er schießt auf einen deutschen Diplomaten. Auf so etwas haben die Nazis gewartet: Polnischer Jude verliert die Nerven! Völlig ohne Grund! In den darauffolgenden Tagen gibt es nur mehr ein Thema in den deutschen Zeitungen: Seht her! Die Juden haben auf uns geschossen! Rache!

Günther Herrmann reagiert als Erster, zwei Tage später beschließen die in München zusammengekommenen Nazi-Eliten, das Gleiche wie in Kassel im ganzen Deutschen Reich zu veranstalten. Ich war in dieser Woche nicht in Wien, sondern schon in Bewegung; wer flieht, braucht die Dynamik auf seiner Seite. Ich hatte meine Lektion 1915 gelernt, und jetzt funktionierte ich fast automatisch. Ich verwandelte mich vom Bummelstudenten, der noch bei Mama wohnt, in den schnellsten Flüchtling Mitteleuropas. Drei Dinge halfen mir in den nächsten Jahren: mein erlerntes Misstrauen gegen Beamte, mein angeborenes Faible für Formulare und die Liebe der furchtlosen Ilse Pollack, die mit mir vor den Augen der Nazis Tanganilla tanzte, ohne dass diese es überhaupt bemerkten; Jagdschritt, Eisschritt, Wechsel-Seitwärtsschritt, Drängeschritt und Wendeschritt.

Willy Geber war mein Mann in der Schweiz. Ich schrieb ihm im November, er solle mir ein Visum besorgen. Konnte er nicht, oder wollte er nicht. Ich schrieb ihm, er solle mir einen Schweizer Pass besorgen. Traute er sich nicht. Waren meine Freunde nutzlos geworden? Gut, sie waren natürlich selber in Gefahr und ihren Familien verpflichtet. Aber ich brauchte eine Lösung. Ich musste mir etwas einfallen lassen, um die polnische Ausweis-Misere gegen eine neue Option einzutauschen. Ich schrieb Geber noch einmal, was er am 7. Dezember 1938 seiner Hansi so weitergab:

> Manek sekkiert mich ununterbrochen mit Briefen. Ich soll einen Mann suchen, der ihm ähnlich sieht usw.; wie er halt immer gearbeitet hat; ich soll solche gefährlichen Abenteuer mitmachen, das ist verantwortungslos von ihm, mir in meiner Situation solche unreellen Dinge zuzumuten, wobei ich alles riskieren könnte. Nicht?

Ich zittere, während ich diese Erinnerungen zusammensuche. Ich begann im Herbst 1938 zu zittern, und mit all den Dingen, die mir in den zwölf Jahren danach passiert sind, habe ich auch noch gelegentlich zu stottern begonnen. Wo war der Manek, der sich über alle lustig machte und der mit seinem Schmäh immer irgendwie durchkam? Jetzt saß ich planlos in Prag. Für diese Art Humorlosigkeit waren wir nicht gerüstet.

Ende 1938 stand es so mit uns: Meine Mutter und meine Schwester Erna waren am 15. Dezember per Zug nach Paris zu Anni geflohen. Mein Vater hatte sich mit einem Cousin eine Wohnung in Krakau gemietet, mit Sicht auf Schindlers Fabrik, aber noch knapp außerhalb dessen, was die Deutschen später zum Ghetto umfunktionierten. Mein Bruder war in Tarnow bei

Verwandten untergekommen. Ich hasardierte ohne Meldung in Prag. Ilse fuhr, so oft sie konnte, aus Wien zu mir und erledigte alles, was man nur gegen Vorlage eines Ausweises tun konnte. Geber musizierte in St. Gallen und hatte sogar eine Kapelle, die *K-K-K* hieß und sich als österreichischer Kunst- und Kultur-Kreis dem Kampf gegen die Nazis verschrieben hatte. Gebers Frau Hansi wartete in Wien mit ihrer Tochter und ihren Eltern auf Ausreisepapiere. Peipers Räuberpistolen erschienen in Tageszeitungen in ganz Skandinavien bis nach Estland und Island. Ernst Bechinsky verwaltete in Palästina jüdische Zitrusbäume, sein Bruder Hans machte sich auf den Weg nach Schanghai. Paul, Grete, Käthe und Edith Bechinsky warteten in Belgien darauf, nach England übersetzen zu können.

Die Familien Focke und Herrmann feierten unter dem Tannenbaum das einzige wirklich große Jahr des Tausendjährigen Reiches; Ilse war nach Hall zu ihrer Familie gefahren. Reinhard Heydrich hatte Günther Herrmann noch im September 1938 als Dank für seine Tätigkeit in Wien zum SS-Hauptsturmführer ernannt.

1939

Manchmal sollte man seine Probleme zu Papier bringen, um vielleicht doch den rettenden Einfall zu haben. Am 7. Dezember 1938 hatte ich, Manek Willner, aus Prag an Willy Geber in die Schweiz geschrieben, er solle mir jemanden suchen, der mir ähnlich sähe, dann ist es mir eh noch selber eingefallen. Eine Woche später, am 12. Dezember, sprach ich bei der tschechoslowakischen Polizei in Brno vor, um mir einen Fremdenpass zu besorgen.

Brünn, Ende 1938 – das war unter den vielen chaotischen Orten, die ich in meinem Leben gesehen habe, das ärgste Durcheinander. Die Tschechen waren zu Recht nervös, weil die Nazis seit der Annexion des Sudetenlandes schon fast vor ihrer Haustüre standen. Die deutschsprachigen Brünner fieberten in freudiger Erwartung allem entgegen, was da noch kommen könnte. Beide waren völlig uninteressiert an den zehntausenden Flüchtlingen, die in diesem Jahr aus Österreich gekommen waren. Wahrscheinlich schrieben die Zeitungen von einer Völkerwanderung, wie sie das gerne tun, wenn ein paar tausend Menschen auf der Flucht sind und im Moment nicht wieder zurückkönnen.

Die einfachste Strategie für die tschechischen Behörden war, den vielen ohne ordentliche Dokumente Gekommenen ohne große Umstände Fremdenpässe auszustellen, natürlich in erster Linie, um ihnen die Ausreise irgendwo andershin so leicht wie möglich zu machen. Am selben Tag wie ich wollten in Brünn neunzig Antragsteller, in den Monaten davor und danach immer mehr als tausend Personen einen Fremdenpass, ausgestellt in der Regel für ganz Europa, Nord-, Mittel- und Südamerika sowie Asien. Konnte man angeben, wie man hieß, wann man wo geboren worden war, dazu noch ein Elternpaar, reichte das den mährischen Beamten. Fragwürdige oder nicht belegbare Angaben zur Staatsangehörigkeit wurden im altmodischen Reisefranzösisch mit *indécise* oder *contestable* im *Passavant*, der tschechisch *Prozatímní Cestovní Pas* hieß, vermerkt.

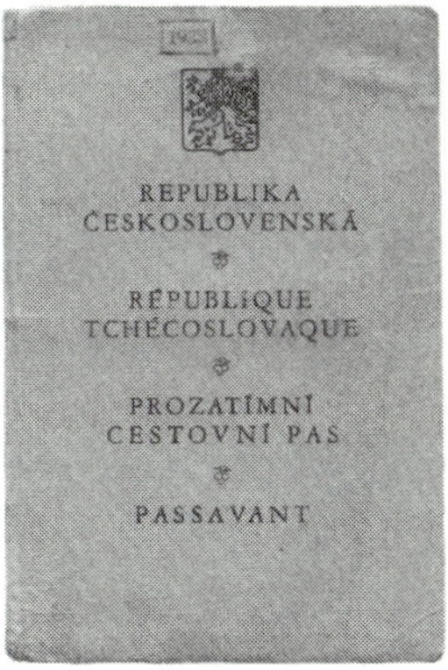

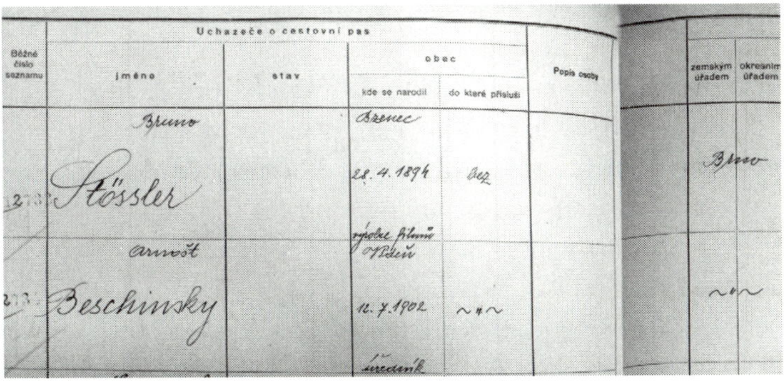

So wurde ich am 15. Dezember 1938 – dem Tag, als mit meiner Mutter und meiner Schwester Erna die beiden letzten Mitglieder meiner Familie Österreich verließen – zu Arnošt Beschinsky, was rückübersetzt aus der etwas angestrengt tschechifizierten Vornamens-Schreibweise fürderhin Ernst Beschinsky heißen sollte, in Kroatien dann gelegentlich auch Arnošt Bešinsky. Hätte ich gewusst, dass sich die Beschinskys in Wien mit *ch* in der Mitte schrieben, hätte ich es vielleicht gleich so beantragt, aber weil sie niemand so nannte, kam ich gar nicht auf den Gedanken, dass ich mir da einen nachhaltig lästigen Tippfehler in die Biographie geholt hatte.

Der neue Name Ernst Beschinsky war ja vorerst nur meine Absicherung, mein Schritt voraus gegen die meinem Lebensweg blindwütig nachstürmenden Nazis. Hätte sich die Geschichte anders entwickelt, wäre ich auch gern Manek Willner geblieben, als der ich jetzt einmal nach Prag zurückgekehrt war. Über die Folgen dieser Entscheidung machte ich mir keine Sorgen, da gab es jeden Tag wichtigere Probleme zu lösen. Mit Ilses Hilfe konnte ich immer irgendwo ein Zimmer mieten und bekam ein warmes Essen. Weil ich dem Frieden dieses Winters 1939 an der Moldau nicht traute, stellte ich mich bei der Botschaft des Königreichs Jugoslawien an, um mir dort für Beschinsky ein Touristenvisum zu besorgen; jede erlaubte Einreise in ein weiteres Land machte sich gut beim Transit durch ein anderes und erleichterte vieles bei der Ausreise.

Ich erlebte mein halbes Leben lang zwei verschiedene Stimmungen beim Grenzübertritt: vergnügte, leutselige, joviale Grenzer beim Verlassen des einen und ein paar Meter weiter missmutige, misstrauische, mürrische Zöllner bei der Einreise ins andere Land.

Der Historiker stellt mir eine wirklich unnötige Frage: Wieso ich eine zweite jüdische Identität gewählt hätte statt einer arischen vom Lande, zum Beispiel als irgendein Michael Gruber aus Bad Ischl? So etwas kann wirklich nur jemand fragen, der noch nie in einer feindseligen Grenzsituation unter Druck gestanden ist. Ich musste mir eine Geschichte suchen, die glaubwürdig war, weil damals an jeder Zollstation und auf jedem größeren Bahnhof selbsternannte Spezialisten für Juden-Erkennung lauerten. Ich sah nach den von Hobby-Antisemiten empirisch-wissenschaftlich gesammelten Kriterien ganz eindeutig aus wie ein *Wiener Jud*. Wie viele ungeschickte Lügner hatten sie schon enttarnt und diese Geschichten stolz in der Kantine den Kollegen erzählt. Die Juden-Jäger jener Zeit entwickelten für falsche Arier ein ganzes Portfolio an Fallen, und jeder von uns musste irgendwann hineintappen. Hätte ich ein ganzes *Ave Maria* aufsagen können oder ein halbes *Vaterunser*? Von wo genau in Bad Ischl ich denn her wäre? Da drüben der Kollege sei aus Bad Goisern und kenne sich dort aus. Und natürlich war ich beschnitten und wäre schon beim ersten Fingerzeig auf meine Hose gnadenlos aufgeflogen. Mein Ernst Beschinsky, der war gut. Ich kannte seine Geschichte, ich kannte sein Gasse, seine Freunde und seine Zeit. Ich kannte die Namen seiner Eltern; und ich hätte den mürrischen Grenzbeamten, wenn sie es hätten hören wollen, viele lustige Geschichten aus dem Wien der Zwischenkriegszeit erzählen können. So sucht man sich eine zweite Lebensgeschichte!

Willy Geber spielte einstweilen im Casino Hotel von St. Gallen Simultanschachpartien und freute sich über die üppigen Essensportionen der schweizerischen Wohlstandsgesellschaft. Er lernte eine nette christliche Familie kennen, Mutter und Tochter Bollmann aus dem Haus gegenüber nahmen ihn unter ihre Fittiche. In der Familienfama Geber soll er der knapp zwanzigjährigen Nelly Bollmann nicht nur Englisch-Nachhilfe gegeben haben, aus den Briefen an seine Frau Hansi ist dazu wenig überraschend nicht viel zu erfahren. Sie entwickelten gemeinsam einen riskanten Plan: Nelly sollte als schweizerische Unschuld vom Lande einen Besuch bei Hansis Eltern Walter und Jenny Losert am Wiener Fleischmarkt machen. Der Plan wurde umgesetzt, nach St. Gallen zurückgekehrt ist sie zwei Wochen später unter anderem mit dem ganzen Schmuck der Familien Geber und Losert. Das wäre einer jüdischen Ausreisekandidatin zu diesem Zeitpunkt auch mit den besten Papieren der Welt nicht gelungen, ohne hochnotpeinliche Untersuchung kam da schon längst niemand mehr hinaus.

Willy Geber versuchte mit allen seinen Möglichkeiten und Kontakten sogenannte Affidavits – so etwas wie finanzielle Garantien eines Einheimischen – für Amerika zu bekommen. Das war je nach Stimmungslage in den USA mal ganz leicht, dann wieder ziemlich schwer. Der später berühmt gewordene Photograph Philipp Halsmann hat seines bekommen, indem er unbekannterweise alle Halsmanns in New York anschrieb, einer hat es ihm dann einfach geschickt. Geber setzte alle seine Hoffnungen in Hansis Onkel Max Kopper, der schon fünfzehn Jahre drüben lebte und in New Jersey City einen kleinen Tabak-Laden betrieb. Nach einer Reihe von Briefen aus Wien und St. Gallen schrieb Onkel Max Anfang 1939 aus Amerika an Gebers Schwiegervater Walter Losert, er könne leider das Risiko, für seinen angeheirateten Neffen Willy Geber ein Affidavit beim wohlhabenden und einflussreichen Dr. Greenberg zu organisieren, nicht übernehmen. Der müsse ihn dann wohl den Rest seines Lebens aushalten, da Willy arbeitsscheu, die Ehe aus Sicht der Familien Losert und Kopper nicht nur finanziell ein völliger Fehlschlag sei und er für den Mann seiner Nichte eher Verachtung als Respekt aufbringe. Das hat Geber natürlich schwer getroffen, seine Empörung verrät ein wenig vom wahren Kern der trockenen verwandtschaftlichen Analyse aus Übersee. Aber es spornte ihn an, zumindest das mit der Auswanderung hinzubekommen; er bat ab diesem Zeitpunkt alle Bekannten, ihm ihren Briefen kurze Charakterstudien für Onkel Max beizulegen, die ihn bestellungsgemäß als *garantiert anständig und fleißig* beschrieben.

Am 15. März 1939 traf das ein, was ich schon einige Zeit erwartet hatte: Das Deutsche Reich eroberte den verbliebenen Rest der Tschechoslowakei und verschluckte dabei auch gleich mich als Flüchtling in Prag. Primäres Ziel der Deutschen war ja eher die lokale Rüstungsindustrie; manche Leute glauben, ohne die von nun an Tag und Nacht laufenden Fließbänder der Skoda-Werke hätte Deutschland den Krieg im Osten gar nicht beginnen können. Ich setzte mich in den nächsten Zug und reiste mit meinem Fremdenpass aus – das Ziel war das freie Königreich Jugoslawien, aber ganz ohne Geld konnte ich dorthin auch nicht fahren. Also versuchte ich mich an der Schweizer Grenze und konnte die dortigen Beamten überzeugen, mich doch in Lausanne in den Simplon-Orient-Express Richtung Zagreb steigen zu lassen. In Zürich traf ich meine relativ wohlhabende Tante Bella Feinstein geborene Silber, die eine Schwippschwägerin meiner Mutter war und mir, obwohl selbst auf der Flucht, zu meiner Freude ein paar funkelnde *napoléons d'or* schenkte.

Willy und Hansi schrieben einander weiter alle zwei, drei Tage Postkarten und Briefe. Als ich Mitte April versuchte, vor meiner Weiterreise nach Zagreb den lieben Geber in St. Gallen zu erreichen, entspann sich ein Schriftwechsel zwischen ihm und seiner Frau, den mir der Historiker zukommen hat lassen:

17. April 1939, Willy an Hansi von St. Gallen nach Wien:

Bei mir nichts Neues. Heut hat um 3/4 1h früh Willner aus Zürich angerufen. Das ist seine Zeit! Die Wirtin hat sich sehr geärgert. In der Früh hat sie mir das mitgeteilt. Er bat mich durch die Wirtin, sofort nach Zürich zu fahren, da er nur bis abends bliebe, Ilse war auch bei ihm, da es uns aber polizeilich bei sonstiger Verhaftungsgefahr verboten ist, St. Gallen zu verlassen, konnte ich seiner Bitte nicht entsprechen. Habe versucht ihn anzurufen, konnte ihn aber nicht erreichen. [...] Leider oder vielleicht G. s. D. kann ich nicht diese verrückten Drehs vom Willner machen, vielleicht wäre ich heute auch schon Schweizer oder Grieche und in England oder weiß Gott wo.

18. April 1939, Hansi an Willy von Wien nach St. Gallen:

Gestern war die Ilse hier, auf der Durchreise nach Agram. Jetzt weiß ich, wieso Du, als Du in Zürich angerufen hast, niemanden angetroffen hast, Du hättest Herrn Bechinsky verlangen müssen. Die Ilse ist ein wahrer Engel. Ihre Güte grenzt ans Überirdische. Seine geistigen verdrehten Einfälle und Haarspaltereien übertreffen 1000fach alles, was er bis jetzt auf diesem Gebiet geleistet hat. Ich bin sprachlos.

19. April 1939, Willy an Hansi von St. Gallen nach Wien:

Geliebtes Pilperl! Was hat der Manek schon wieder gemacht? Schreibs mir genau. Ich möcht' mich unterhalten. [Schrift von Hans Hatschek] Was macht Frau Bechinsky, kommst Du mit ihr zusammen? Wir möchten nur hören, was Bechinsky gemacht hat. Willy ist sehr gut aufgelegt, er bringt soeben das Nachtmahl.

29. April 1939, Willy an Hansi von St. Gallen nach Wien:

> Was soll ich dem Manek schreiben? Ich interessiere mich nicht für seine neuesten »Taten«, die arme Ilse wird wirklich leider schon viel angenommen haben. Ich schreibe ihm, bis er mir etwas berichtet, wie kommt er zu dem Namen meines Freundes? Unglaublich!

2. Mai 1939, Hansi an Willy von Wien nach St. Gallen:

> Wird Hans [Hatschek] sich in USA auch für Dich bemühen oder für seine Brüder? Er ist als Mensch und Freund sicher bedeutend mehr wert als Manek, und trotzdem hab ich, wie Du weißt, eine Schwäche für M.; vielleicht weil ich Dich mit ihm zusammen kennengelernt habe. Ilse hat sich gar nicht verabschiedet.

19. Oktober 1939, Willy an Hansi von St. Gallen nach Wien:

> Sind Willner u. Ilse beisammen? Er ist mir Antwort schuldig, bis jetzt hat er nur geschrieben, wenn er etwas gebraucht hat, außerdem weiß ich nicht, ob Beschinsky noch dient und wo er wohnt.

Man sollte besser nicht in fremde Briefe schauen, besonders nicht, wenn sich zwei Menschen auf der Flucht vor den Nazis die Zeit damit vertreiben, Charakterstudien ihrer besten Freunde zu entwerfen. Ich bin einigermaßen eingeschnappt. Zum Glück hat sich nach dem Krieg alles zum Guten gewendet und Willy Geber hat die Kränkung, dass ich den Namen seines ausgewanderten Schulfreundes für eine lehrbuchmäßige Irreführung der Behörden verwendet habe, gut überwunden. Damals aber hat er sicher dem anderen Bechinsky in seinem nächsten Brief brühwarm von der Verdoppelung seiner Existenz erzählt. Ich hatte in der Eile keine Zeit, das vorher mit ihm zu besprechen.

Sollten Sie sich die Frage gestellt haben, ob und wie viele Menschen von meiner Namens-Verwandlung gehört haben, dann haben wir neben meiner gesamten Willner-Verwandtschaft nun garantiert auch meine Wiener Freunde und die gesamte Familie Bechinsky, die sich alle bei Kaffee und Kuchen darüber amüsieren oder aufregen konnten.

Günther Herrmann war in Kassel offenbar unausgelastet, oder die langweilige hessische Provinzstadt war geheimpolizeilich schon perfekt durchorganisiert. Er meldete sich natürlich gleich beim deutschen Überfall auf die Tschechoslowakei für weitere höhere Aufgaben und gelangte so als Erstes nach Prag. Von dort war ich am 15. März 1939 Richtung Schweiz abgereist, noch immer kreuzten sich unsere Wege nicht. Vielleicht schmeckten ihm die böhmischen Erdäpfelknödel besonders gut oder er sah in der Osterweiterung der Gestapo-Zentralen einen entscheidenden Karriere-Motor, jedenfalls bewarb er sich kurze Zeit später um die Leitung der Gestapo-Leitstelle in Brünn. Dort ließ er zuerst den jüdischen Rechtsanwalt Arthur Morgenstern mit seiner Frau aus ihrer schönen Bauhaus-Villa auf dem Lipová-Hügel werfen und holte dann seine eigene Frau und das Kind nach; seine Gattin Ulla war zum zweiten Mal schwanger. Günther Herrmann war vielbeschäftigt, er hatte in der Gestapo-Zentrale bis zu sechshundert Leute unter sich. Trotzdem blieb er unsichtbar, es gibt in Brünn, wie schon in Kassel und Wien, kein einziges vernünftiges Photo von Günther Herrmann, geschweige denn einen Meldezettel.

1940

Meine Ilse schrieb aus Zagreb viel nach Hause, das habe ich ihr auch geraten, um bei den misstrauischen Geheimdiensten nicht durch zu viel Eigenbrötelei aufzufallen. Sie schreibt aus der noch friedlichen Stadt an ihre Mutter und Schwester begeistert vom schönen und billigen Leben in Jugoslawien, wo Milch und Honig fließen. Sie schickt Pakete mit Butterschmalz und Kaffee von Zagreb nach Hall und München. Sie reist immer wieder mit dem Zug nach Hause, zunächst mit dem Orient-Express, später über Laibach oder Graz. Da nimmt sie dann, ganz wie das heute noch alle Menschen auf dem Balkan tun, so viele Lebensmittel, wie sie kann, in ihren Taschen mit und ist damit, hält man sie an der Grenze auf, gerade *nicht* verdächtig. Sie fährt zu Weihnachten nach Hall in Tirol, um ihren Sohn zu sehen.

In den ersten Monaten wohnten wir noch nicht zusammen, und als ich 1940 wie alle österreichischen Flüchtlinge in Jugoslawien freundlich-bestimmt aufgefordert wurde, in ein Sammellager zu übersiedeln, konnte sie mir dort unten auch nicht mehr helfen. Ich war schon wieder in einem Staat gelandet, der keine Lust hatte, zu viele europäische Juden aufzunehmen. Die Internierung in Derventa war am Anfang nicht weiter schlimm. Es war kein KZ, sondern eher eine Verlegenheitsmaßnahme der Regierung des unabhängigen Jugoslawien, um einerseits die vielen geflüchteten Juden aus den Städten Zagreb und Belgrad zu entfernen und es andererseits den Deutschen ein bisschen recht zu machen mit einer deutlichen Repressalie gegen uns. Natürlich durften wir dort weder arbeiten noch vernünftige Geschäfte machen, und wir hatten bald keinen Dinar mehr in der Tasche. Ernährt wurden wir im Städtchen Derventa von der freundlichen jüdischen Gemeinde vor Ort. Ich musste meine Pläne überdenken, die deutsche Wehrmacht und ihre Judenauswanderungsbüros waren mir noch überallhin nachgekommen. Was sollte ich tun, wenn sie auch Jugoslawien angriffen? Es gab die Donau und die Adria als mögliche Fluchtrouten, aber diejenigen, die das versuchten, kamen in den seltensten Fällen besonders weit: Entlang der Donau waren alle Staaten schon unter der Fuchtel der Nazis, und das Mittelmeer war bereits offener Kriegsschauplatz. Also abwarten. Ich würde auch nirgendwohin einfach mitgehen, weil ich mich durch eine Gruppe von jüdischen Flüchtlingen eher gefährdet als geschützt fühlte.

Willy Geber betrat am 30. April 1940 in New York via Ellis Island die Vereinigten Staaten. Es wäre nicht Geber gewesen, hätte er sich nicht ab diesem Zeitpunkt »William Donald Geber« genannt. Ohne Mittelnamen war man seiner Meinung nach kein ordentlicher Amerikaner, und wenn man ihn sich schon aussuchen konnte, warum nicht die Rolle des glücklosen, aber sympathischen Neffen aus Walt Disneys Entenwelt? Hansi Geber ist mit der gemeinsamen Tochter schon ein paar Monate vorher angekommen. Die Gebers sind in Sicherheit, aber die nächsten Jahre gelingt ihnen in Amerika noch überhaupt nichts von dem, was sie sich erträumt haben.

Im Sommer 1940 bewirbt sich Günther Herrmann mit einem halben Dutzend Kollegen aus der Gestapo Brünn für einen Einsatz in Afrika. Er will, wie es aussieht, noch etwas erleben und sendet Tropen-Tauglichkeitszeugnisse der ganze Familie nach Berlin. Irgendwie klingt der Antrag, als wäre es Frau Herrmann zu langweilig in Mähren geworden, oder sie sieht, was der Beruf aus ihrem Mann schon gemacht hat. Das Originelle an der ganzen Antragstellerei, Ärztezeugnisherbeibeschaffung und kolonialen Luftschlossverwaltung ist der Umstand, dass Deutschland zu diesem Zeitpunkt keinen Fußbreit auf dem afrikanischen Kontinent kontrolliert. Weil aber bis zum Sommer 1940 so gut wie alles an den deutschen Feldzügen geklappt hat, geht man in Berlin davon aus, dass Deutsch-Ostafrika auch bald wieder eine Gestapo braucht; die SS-internen Planungen dazu sind voll im Gange. Frau Herrmann wünscht sich ausdrücklich ein Land, in dem Suaheli gesprochen wird; Günther Herrmann besucht einen Tropenkurs für koloniale Ausbeutung in Rom, die Italiener sind ja noch voll aktiv in Eritrea und Äthiopien. Der Kriegsverlauf macht alle diese Pläne zunichte, zuerst marschiert Adolf Hitler gegen Osten.

1941

Im August 1941 liegt eine friedliche Demarkationslinie ein paar hundert Meter neben dem Haus in Hoczew, in dem meine Schwester Anni auf die Welt gekommen ist. Der gutmütige Fluss San, in dem 1914 so viele Tiroler Kaiserjäger ertrunken sind, ist die neu gezogene Ribbentrop-Molotow-Grenze zwischen der Sowjetunion und dem Großdeutschen Reich.

Die Deutsche Wehrmacht wollte eigentlich früher losschlagen; die Unordnung auf dem Balkan, in die auch ich verwickelt war, hielt sie aber länger als erwartet auf. Der Historiker meint, *zum Glück*, sonst wären sie vielleicht wirklich Ende 1941 noch bis Moskau gekommen.

Günther Herrmann hat sich, wie nach ihm so gut wie alle hohen SS-Funktionäre, für den Kriegseinsatz im Osten gemeldet und wird im Juli 1941 allerserster Kommandant des Sonderkommandos 4b der Einsatzgruppe C. Das bedeutet, dass er sich in den darauf folgenden Wochen mit nichts anderem zu beschäftigen hat, als mit einer kleinen Elitetruppe von Dorf zu Dorf zu fahren, von Kleinstadt zu Kleinstadt, um dort alle Juden zu erschießen, Männer, Frauen und Kinder. Was er genau macht, ist eigentlich nicht auszuhalten: Zuerst folgt er den Kollegen des Sonderkommandos 4a, das dafür bekannt geworden ist, dass es innerhalb eines Tages in Kiew dreißigtausend Menschen mit Maschinengewehren erschoss. Ich war immer gut mit Zahlen, ich habe mir nicht vorstellen können, wie das gehen kann, aber offenbar ist es möglich. Das von Herrmann kommandierte Kommando 4b zieht hinter den vorstürmenden regulären deutschen Truppen her, mordet zunächst in Ostgalizien, wo noch die Familie meines lieben Schwagers Nathan Lamm lebt, und zieht dann weiter übers flache Land in die Weiten der Ukraine. Man kennt dazu ein Bild, das einen deutschen Soldaten in Winnyzja zeigt. Vor ihm sitzt ein Mann am Rande einer Grube, er wird gleich erschossen hineinfallen. Die Geschichte

in Winnyzja hat die deutschen Gerichte erst in den Siebzigerjahren wirklich interessiert, in den Protokollen stehen großteils grauenhafte technische Details des Massenmordes, die man nicht lesen will. Die Einsatzgruppen waren nach ein paar Tagen ihrer Tätigkeit schon zur einfachen Erkenntnis gekommen, dass das wahllose Niedermähen ihrer Opfer zu ineffizient war; Munition wurde verschwendet, viele Juden fielen um, ohne überhaupt tot zu sein. Die für die Erschießungen teilweise beigezogenen gewöhnlichen Soldaten waren nach einer Aktion schon fertig mit den Nerven. So konnte das nicht weitergehen.

Also schlug Günther Herrmann vor, nur mehr einzeln und mit Genickschuss zu töten, ganz wie auf dem Photo. Der Historiker sagt, das Bild aus Winnyzja ist vielleicht später entstanden, aber es ist eine Ikone der Verbrechen der Einsatzgruppen geworden, und als Günther Herrmann viele Jahre später vor Gericht steht, geht es tagelang nur um diese eine Anordnung in Winnyzja.

Meine liebe Ilse hieß immer noch Ilse Pollack. Mir hat das nichts ausgemacht, so konnte ich ihr immer den schönen Schlager *Man soll mit Pollaks nicht verkehren* vorsingen, wenn sie mir einmal einen Wunsch nicht sofort von den Augen ablas. Aber die Zeiten waren schlecht, und in Zagreb, das bis zum Frühjahr 1941 eine freie Stadt im freien Jugoslawien war, hieß ein leitender Funktionär der Kultusgemeinde, den jeder kannte, Egon Pollak. Also war Ilses Nachname in Zagreb immer Grund für Nachfragen, wie es denn um die werte Abstammung bestellt sei. Dasselbe bei jeder Zugfahrt, bei jeder Grenze, auf jedem Amt; arische Pollacks hatten es nicht leicht in dieser Zeit.

Eines Tages beschlossen wir, Ilse sollte wieder ihren Mädchennamen annehmen, geschieden war sie ja schon zehn Jahre, und man hatte uns das als ganz einfach beschrieben: Geh aufs Standesamt und sag, du willst wieder Focke heißen. Genau das machte Ilse im Jänner 1941 in ihrem Tiroler Heimatort Hall. Der Standesbeamte kannte sie und schrieb formlos nach Innsbruck, sie habe wieder ihren Mädchennamen angenommen. Die Matrikenbücher der Religionsgesellschaften hatten die Nazis 1939 durch Standesämter ersetzt, aber es wurde noch fleißig ergänzt und nachgetragen. Also schrieb man von der Reichs-Statthalterei Innsbruck an den evangelischen Pfarrer Ludwig Mahnert, er möge den Trauungs-Eintrag korrigieren. Aber wie es der Zufall wollte, landete der völlig unbedeutende Formalakt über Ilses Nachnamenskorrektur auf dem Schreibtisch des gewichtigen Gauleiters Franz Hofer. Dieser, ausgewiesener Experte für jüdische Vertreibung und somit auch für hebräische Namenskunde, erkannte den Namen Pollack mühelos als eindeutig jüdisch. Also musste Ilses erster Ehemann Rudolf Pollack, der bei dieser Gelegenheit seine makellose sudetendeutsch-arische Ahnenreihe sowie einen Mitgliedsausweis der NSDAP vorlegen konnte, vor dem Amte erscheinen, um sich zu erklären.

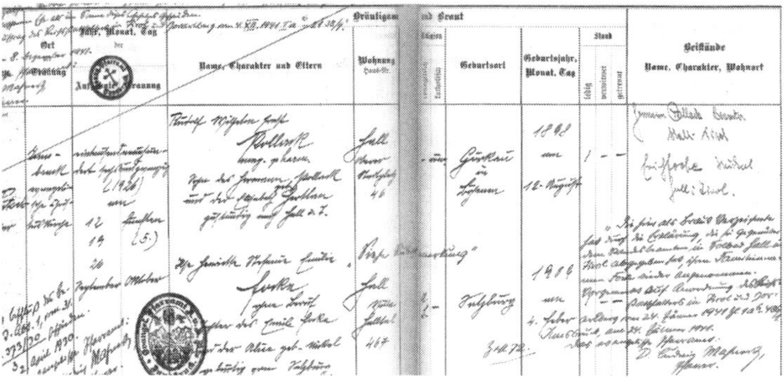

Da sich im Laufe der Erhebungen auch noch ergab, dass Pollack nur wenige Monate nach der Scheidung von Ilse und ein paar Wochen vor der Geburt des nächsten Kindes eine katholische Südtirolerin geheiratet hatte, musste Pastor Mahnert das Traubuch der evangelischen Gemeinde mit vielen weiteren Ergänzungen vollkritzeln. Ein volles Jahr nach Ilses erstem Erscheinen auf dem Standesamt hatte sie ihren Familiennamen Focke offiziell wieder und wurde nie wieder gefragt, ob sie Jüdin sei. Die Welt kann so einfach sein, wenn man den richtigen Namen trägt.

Es war kaum vorherzusagen, wann und warum sich die Gestapo und der Sicherheitsdienst Sorgen um das Wohlverhalten der Bürger des nationalsozialistischen Staates machten. Ilse fuhr von Wien nach Zagreb, von Zagreb nach Hall, von Hall über Graz wieder nach Zagreb und versuchte, sich eine Beschäftigung in meiner Nähe zu organisieren. Als sie im März 1941 – da dauerte der Krieg rundherum schon achtzehn Monate – ein Visum für das neutrale Jugoslawien brauchte, wurde es für sie zum ersten Mal brenzlig: Sie geriet in den Geschäftsbetrieb der Gestapo von Innsbruck. Sie hatte nämlich schon zweimal vorher solche Sichtvermerke beantragt und dabei natürlich nicht gesagt, sie helfe mir, ihrem jüdischen Wiener Freund, sondern angegeben, sie müsse dort unten eine kranke Tante pflegen.

Ilse wurde nicht jünger, sie war jetzt zweiunddreißig und hatte, um in Nazi-Begrifflichkeiten zu sprechen, keine *ordentliche Beschäftigung* in Tirol. Sie wechselte in ihren Berufsangaben ein wenig zwischen *Studentin* (das hatte bei mir in Friedenszeiten lange funktioniert) und *Stütze im Haushalt der Mutter*, was aber angesichts der langen Auslandsaufenthalte nicht besonders plausibel war. Beim zweiten Visums-Antrag schrieb sie dann von einer möglichen Heirat in Zagreb (natürlich nicht mit mir, sondern mit einem Kroaten), für die sie sich, das hatten wir uns gut ausgedacht, sogar ein Ehefähigkeitszeugnis im heimatlichen Standesamt geholt hatte. Aber die älteste Regel, dass man bei Behörden bei halbwahren Angaben besonders genau und doppelt glaubwürdig sein muss, hatten wir nicht eingehalten: Alte Tante pflegen, dann junge Liebe und heiraten ... so eine Flunkerei hatte ein guter Gestapobeamter in drei Minuten entlarvt. Daher verweigerte ihr die Behörde schroff die Sichtvermerke. Ilse saß monatelang bei ihrer Familie in Tirol fest, die ob der Entschlossenheit ihrer Tochter, mich nicht fallen zu lassen, immer unruhiger wurde; ich war weiter in Derventa *frei interniert*.

Dann marschierte die Deutsche Wehrmacht in Jugoslawien ein und errichtete den kroatischen Marionettenstaat der Ustascha. Das war nun wirklich das Schlimmste, was den kroatischen und ausländischen Juden wie mir passieren konnte. Für Ilse war es paradoxerweise ein Glück, weil sie in den neuen, mit Nazi-Deutschland befreundeten kroatischen Staat ohne größere Schwierigkeiten einreisen und sich in Windeseile eine Anstellung organisieren konnte. Sie kam als Fremdsprachenkorrespondentin bei *Croat-Put* unter. Diese Einrichtung war ursprünglich als Reisebüro der kroatischen Eisenbahnen gegründet worden, aber die Lust möglicher Touristen, ins politisch und militärisch unsichere Kroatien zu reisen, nahm im Kriegsverlauf rapide ab. Also sattelte das ehemalige Reisebüro um und organisierte die Verschickung kroatischer Zwangsarbeiter in die deutsche Industrie. Die Abwicklung der Bezahlung erfolgte ebenfalls über *Croat-Put*; viel Geld ist da wohl nicht von der deutschen Kriegswirtschaft über die Karawanken nach Süden geflossen.

Die Stadt Derventa wurde bei den Kampfhandlungen im April 1941 gleich von der Deutschen Luftwaffe bombardiert, dabei starben schon die ersten Einheimischen und unfreiwilligen Gäste. Was aber in diesem Sommer in Kroatien, zu dem durch einen Zufall der Balkangeschichte Derventa gehörte, geschah, ähnelt den Ereignissen in Österreich im Frühjahr 1938. Die Ustascha hatten viele offene Rechnungen und begannen mit blindem Eifer, Leute umzubringen; zunächst einmal mehrheitlich Serben, aber bald auch ausländische und nicht taufwillige Juden. Die waren ja praktischerweise schon in Lagern vorsepariert, und so ging ein Zug nach dem anderen ins KZ Jasenovac. Die Leute, die im Lager Derventa lange genug warteten, wurden alle dorthin gebracht, und nur ein paar davon kamen aus Jasenovac wieder heraus, weil sie den österreichischen General Glaise-Horstenau kannten, oder jemanden kannten, der ihn kannte, und dieser bösartige Schlächter bisweilen Gefallen daran fand, einzelne Wiener Juden unter seinen persönlichen Schutz zu stellen. Das Protegieren einzelner Juden war in Zagreb zu dieser Zeit ein Volkssport: Man konnte unter dem besonderen Schutz seiner Exzellenz des Erzbischofs Stepinac stehen, des Marionettenführers und Poglavnik Ante Pavelić oder auch eines beliebigen höheren deutschen Funktionärs – geholfen hat es den wenigsten, weil die Judenhäscher die Schutzbriefe des jeweils anderen nicht immer anerkannten.

Ich hingegen stand unter dem einzigartigen Schutz der mutigsten Frau, die das feige Deutsche Reich in diesen Jahren hervorgebracht hat: meiner Ilse. Sie hatte die Gunst der Stunde genutzt und jetzt einen Job und eine Wohnung in Zagreb. Nur deshalb konnte ich mich, bevor die Internierten des Lagers Derventa geschlossen ins KZ Jasenovac überstellt wurden, von der Gruppe absetzen und mich ab dem Herbst 1941 bei ihr in der schönen neuen Wohnung in der Nemčićeva Straße 6 verstecken.

Ilses Arbeitsplatz, das Büro der *Croat-Put*, lag in der Prager Straße 5, eilig umbenannt nach einem Faschisten namens Stipe Javor, eine schöne Adresse, ums Eck des zentralen Jelačić-Platzes. Das Haus daneben in der Prager Straße 7 war die Zagreber Synagoge; mitten in der eng verbauten Innenstadt hatten sich im April 1941 die Ustascha nicht getraut, sie gleich anzuzünden. Eine Woche nach Ilses erstem Arbeitstag im September beschloss die Stadtverwaltung, den Tempel Stein für Stein abtragen zu lassen. Ilse hatte von ihrem Bürofenster freien Blick auf die vielleicht bizarrste Baustelle Kroatiens. Die keine achtzig Jahre vorher im maurischen Stil erbaute Synagoge (die dazu noch fast gleich aussah wie der zu diesem Zeitpunkt schon eingeäscherte Leopoldstädter Tempel) wurde über Monate in ihre Einzelteile zerlegt. Irgendwann bat ich Ilse, mir nichts mehr davon zu erzählen. Heute befindet sich dort ein schöner Parkplatz. Viele Jahre später stand ich mit Bürgermeister DDr. Lugger und Landeshauptmann Ökonomierat Wallnöfer auf einem Parkplatz in der Innsbrucker Sillgasse, um eine Gedenktafel an die dort verschwundene Synagoge zu enthüllen.

Viele Nazis kamen 1945 aus dem Krieg zurück, schüttelten sich zweimal kurz und waren gleich wieder gute Demokraten und mittendrin im zukunftsorientierten Nachkriegsdeutschland. Das könnte man auch über Hermann Proebst sagen, der hat es später immerhin zum Chefredakteur der bekannten *Süddeutschen Zeitung* gebracht. Der Historiker erzählt mir, in einem Lexikon-Eintrag über Proebst stand noch bis vor Kurzem etwas von einer halben Widerstandskarriere, die hat aber nie stattgefunden. Hermann Proebst war etwas jünger als ich und in Zagreb neben seinen geheimdienstlichen Pflichten auch Zeitungsherausgeber, und zwar sowohl der völlig zu Recht vergessenen Wochenzeitung *Neue Ordnung* als auch der täglich in ambitionierten dreitausend Exemplaren erscheinenden *Deutschen Zeitung in Kroatien*. Beide waren reine Verlautbarungs-Organe der nationalsozialistischen Propagandamaschine in Berlin. Jede antisemitische Depesche schaffte es in die *Deutsche Zeitung*, und Hermann Proebst fuhr einmal selbst auf Pressefahrt ins KZ Jasenovac und berichtete ausführlich von seinen positiven Eindrücken. Die *Neue Ordnung* versuchte sich nebenbei als gehobenes Wochenblatt für die auf dem halben Balkan lebenden Volksdeutschen zu etablieren. Die letzte Seite war der Literatur gewidmet, man brachte vorzugsweise aus den Muttersprachen der Gegend ins Deutsche übersetzte Texte bekannter Schriftsteller. Ilse hatte diese Zeitungen alle im Büro, wo das ohnehin niemand lesen wollte, und so brachte sie mir mit geringer Verspätung etwas Unterhaltung nach Hause in mein Verlies im dritten Stock.

Wenn Sie glauben, Sie wissen, was unentspannte Ödnis ist, dann stellen Sie sich mein Leben dort vor: Jedes Öffnen eines Wasserhahnes, um den Teekessel aufzustellen, hätte die Nachbarn wundern und, bei wiederholtem Vorkommen, Fragen an Ilse auslösen können. Den Radioapparat durfte ich vormittags nicht einschalten, bei jedem Schritt hatte ich das Gefühl, jetzt hört mich sicher die Hausfrau darunter. Wir lebten in einem Haus mit ausschließlich einheimischen Parteien, die sich am Anfang des Krieges sicher waren, eines Tages würden Kroaten, Deutsche und Österreicher einander auf Augenhöhe begegnen. Dieser Optimismus legte sich schnell, und dass Ilse ohne jede Protektion in diesem gerade erbauten Haus eine so schöne Wohnung bekommen hatte, verstanden die Nachbarn schon als Kulturimperialismus altösterreichischer Schule.

Ich kann mich an viele Details in Zagreb erinnern – an mehr als mir lieb ist –, aber nicht an alle. Eines Tages jedenfalls änderte sich die Wohngemeinschaft: Albine Goldstein zog bei uns ein, aber ich kann nicht mehr exakt sagen, wann. Sie war einige Jahre älter als ich und eine ehemalige Arierin namens Albine Reithofer, die 1922 in Wien den Juden Simon Goldstein geheiratet hatte. Mit ihm floh sie nach Jugoslawien, ihr Mann hatte weniger Glück als wir. Er wurde im Dezember 1941 wie fast alle geflüchteten Juden in der Stadt Brčko von der katholischen Ustascha-Polizei unter Mithilfe der protestantischen Volksdeutschen auf einem serbisch-orthodoxen Friedhof erschlagen und in einem Massengrab verscharrt. Seine Frau ließ man unbehelligt, sie ging nach Zagreb. Ins Deutsche Reich hätte sie nicht zurückgehen können, weil sie bei der Hochzeit zum Judentum übergetreten war (was man in Kroatien nicht so genau wusste, in Wien natürlich schon). Den Ustascha war sie egal, sie hatte noch ein wenig Geld und konnte bei uns in Untermiete wohnen. Das brachte neue Sorgen: Sollten sich die deutschen Behörden eines Tages für sie interessieren, würde auch mein Versteck auffliegen. Aber es löste andere Probleme: Erstens erzeugen zwei Bewohnerinnen viel weniger Misstrauen in der Nachbarschaft, wenn einmal untertags eine Gabel auf den Boden fällt oder der Fußboden knarzt. Zweitens bezahlte sie Miete. Und drittens: Ilse konnte in regelmäßigen Abständen nach Hall fahren, um ihren Sohn und ihre Familie zu besuchen; Albine Goldstein kochte dann für mich, und Ilse befand immer, ich hätte zugenommen, wenn sie aus Tirol zurückkehrte.

1942

Irgendwann fiel mir doch noch ein Zeitvertreib ein, der sogar ein paar Groschen einbrachte: Ich wollte aus dem Umstand, dass ich unfreiwillig schon beinahe alle slawischen Sprachen Mittel- und Südeuropas sprach, etwas Kapital schlagen und kam auf die Idee, für die Nazi-Wochenzeitung Kurzprosa zu übersetzen. Wie sich Ilse genau an den Zeitungsmann Proebst heranmachte, kann ich heute nicht mehr sagen. Die Nationalsozialisten in Zagreb waren jedenfalls mit ihren

Aufgaben Anfang 1942 noch ziemlich unterfordert: Die Drecksarbeit machten die Ustascha selbst, und die vielen geheimen oder akkreditierten deutschen Polizisten und Soldaten waren froh, wenn bei ihren Klubabenden auch einmal ein rechtes deutsches Mädel vorbeikam. So konnte sich Ilse leicht vernetzen, bald kannten alle die vergnügte Tirolerin. Sie musste als angeblich Alleinstehende natürlich gelegentlich die Phantasien der Soldateska zügeln, da war es dann immer gut, ein Bildchen des Sohnemannes hervorzukramen, um Begehrlichkeiten abzuwehren.

Ilse sprach schon ein vernünftiges Küchen-Kroatisch, mit dem sie nicht nur auf dem Dolac-Markt einkaufen konnte. In ihrer Arbeit beim ehemaligen Eisenbahn-Reisebüro lieferte sie perfekte Korrespondenzen in Englisch, Französisch und Italienisch ab. Da die militärischen Zug-Bewegungen und die Zwangsarbeiter-Agenden großteils auf Deutsch kommuniziert wurden, ging die Arbeit nie aus. Chefredakteur Proebst fand Ilses Vorschlag – und sie selbst vielleicht auch – interessant, und wir machten uns auf die Suche nach literarischen Texten aus Südosteuropa.

Der Historiker hat drei meiner Übersetzungen in der *Neuen Ordnung* gefunden, die er mir jetzt vorliest. Zwei sind aus dem Serbokroatischen übersetzt, ein *Frühlingsmärchen* des zu Recht völlig unbekannt

> **Und er fühlt in diesem Frühjahr, dass die Erde ein Gottesgarten und der Mensch darin ein demütiger Gärtner ist, der im Schweiss und Segen seine Beete und Rabatten bestellt, auf die er mit eigener Hand den Samen streute, damit aus ihm die Himmelsgabe des Brotes erwachse.**
>
> ***Aus dem Kroatischen von Ilse H. Focke.***

gebliebenen Stjepan Devčić und eine Novelle namens *Geld* des Bulgaren Vladimir Poljanov. Einen anderen als *Frühlingsnovelle* angekündigten Text, *Das Märchen vom Glück* von Dimitar Talev, habe ich aus dem Bulgarischen übertragen.

Es sind einfache Erzählungen über ehrliche Bauern auf dem flachen Land, die in metaphernreichen Geschichten entweder über das liebe Geld oder die Zuneigung der Eltern ins Streiten kommen. Ich sehnte mich nach den Texten meines Freundes Peiper, in denen fast immer ein Amerikaner namens Bill um sich schoss oder wenigstens ein Mädchen namens Tracy unschuldig in Bedrängnis geriet. Auch die *Neue Ordnung* triefte vor Blut und Drama, aber niemand hatte den geringsten Spaß dabei. Und weil ich gerade dabei bin, versteige ich mich hiermit zu der Theorie, dass das Dritte Reich vielleicht zuerst an seiner freudlosen Literatur, Musik und Kunst gescheitert ist und erst dann aus den anderen bekannten Gründen. Aber bitte stellen Sie sich meine

kleine Freude vor, als in permanenter Lebensgefahr schwebender jüdischer Flüchtling im Untergrund unter dem guten Namen meiner Lebensgefährtin *Ilse Henriette Focke* seitenweise in der lokalen Nazi-Presse zu erscheinen und – bezahlt wurden vier Kuna pro Zeile – etwas zum Familieneinkommen beisteuern zu können.

Ilses *Croat-Put*-Büro in der Innenstadt war wie alle staatlichen Einrichtungen ein idealer Platz, um mit neuesten Gerüchten versorgt zu werden. Eisenbahner wissen ja immer ein bisschen mehr, weil sie aus der Stadt hinaus- und mit vielen Leuten ins Gespräch kommen. Natürlich wussten alle kroatischen Eisenbahn-Angestellten, was im KZ Jasenovac passierte; in das Lager an der Save gelangten sämtliche Insassen mit Sonderzügen der kroatischen Eisenbahnen. Jede Woche gingen neue Transporte mit Serben und Juden hin, so gut wie nie fuhr einer wieder zurück. Diese Rechnung war einfach, auch wenn bis heute niemand genau sagen kann, wie viele Leute da ermordet wurden.

Die Angestellten des kroatischen Schienenverkehrswesens wussten auch genau, was für Züge sonst noch durch Europa geführt wurden: Im Sommer 1942 und im Frühjahr 1943 ließen die Nazis alle Zagreber Juden, die noch nicht im KZ Jasenovac umgebracht worden waren, mit drei Zügen à tausend Personen nach Auschwitz deportieren. Als von März bis August 1943 mehr als fünfzigtausend Juden aus Griechenland in die Vernichtungslager verschleppt wurden, geschah das auch über das kroatische Eisenbahnnetz (und dann weiter über Graz und Wien nach Auschwitz und Treblinka). Natürlich müssen sich die geheimen Mitarbeiter der deutschen Aufklärung auch regelmäßig in Ilses Büro umgehört haben, um zu erfahren, was die Kroaten so dachten.

Robert Peiper hatte sich von seiner Mission als politischer Heißsporn und Autor von Revolvergeschichten kurzzeitig losgesagt und wieder einmal neu erfunden. Jetzt war er glühender Österreich-Patriot und trat in Stockholm vor den exilierten Landsleuten mit einem ganzen Portfolio von Nestroy (*Häuptling Abendwind*) bis Hašek (*Der brave Soldat Schweijk*) auf. Er schrieb auch eine sechzehnseitige Broschüre über die »Syndabocken Juden«, die weniger durch ihre Seitenstärke beeindruckt als durch das schon 1942 verfügbare Wissen um die bereits voll im Gang befindliche Auslöschung des europäischen Judentums. Hier musste er wieder seinen alten Wiener *Nom de Plume* Bert Ropp verwenden, weil es Flüchtlingen im neutralen Schweden nicht erlaubt war, politische Statements abzugeben, die eine der bedrohlichen Mächte der näheren Umgebung kritisierten. Der Beamte der Fremdenbehörde fand es aber heraus und löste mit dicken Strichen das Namensbuchstabenrätsel. Bei einem der patriotischen Stockholmer Austria-Abende zum fünfundzwanzigsten Geburtstag der im November 1943 schon mehr als fünf Jahre nicht mehr existierenden Republik Österreich sprach ein junger Mann aus Wien, der sich sein Leben lang sicher war, als Sozialdemokrat aus Wien geflohen zu sein und nicht als Jude: der fesche Bruno Kreisky. Er war zehn

Jahre jünger als wir und der intellektuelle Führer der österreichischen Sozialdemokraten, einer der vielen Splittergruppen der mitteleuropäischen Flüchtlinge in Schweden.

Peipers Einwanderungsakt in Schweden ist dreihundertfünfzig Seiten dick. Seine Briefe an die verschiedenen Einwanderungsbeamten unterscheiden sich stark von den höflichen Ansuchen, die man normalerweise an solche Stellen richtet. Peiper spuckt Gift und Galle, und es ist eigentlich ein Wunder, dass ihn die Schweden nicht irgendwann hinausgeschmissen haben. Eingesperrt haben sie ihn zwischenzeitlich schon, und das ist nicht unbedingt ein Ruhmesblatt für die schwedische Flüchtlingshilfe. Es wurden Lager für unerwünschte Ausländer errichtet, eines davon in Långmora. Dorthin wurden vornehmlich deutsche Staatsangehörige geschickt, die man für Kommunisten hielt. Auch Peiper landete dort, weil er in seiner Rage alles und jeden kritisierte, die Nazis natürlich zuvorderst, aber auch die schwedischen Behörden in ihrer ängstlichen Haltung den Deutschen gegenüber. Außerdem passierte es Peiper, sich – nach seiner Darstellung – bei einem Abenteuer mit einer jungen Schwedin mit einem für beide sehr unangenehmen Ausschlag anzustecken. Ob seine Familie das gut fand, möchte ich bezweifeln, aber so war Peiper: immer auf der Jagd und immer mit vollem Risiko, und wenn es ein Pantscherl am Polarkreis war, bei dem er sich den Tripper holte.

21. April 1942, Robert Peiper aus Långmora an Socialstyrelsen:

> In Ergänzung meines gestrigen Protestes kann ich jetzt nach Kenntnisnahme des angeblichen Sachverhaltes nichts anderes fordern als eine Untersuchung, in der auch *wir*, die Beteiligten, gehört werden. In meinem Pass stand eingestempelt, dass die Ausübung jeder Politik, nicht aber die des Geschlechtsverkehrs verboten sei. Schliesslich soll man auch einem Ausländer mitteilen, was er tun *darf*. Dass die Polizei in Norrköping Erhebungen auf Grund anonymer pornographischer und mit Heil Hitler gezeichneten Postkarten begonnen hat, stelle ich unter Beweis. […] Angeblich soll ein Mädchen schwanger sein. Das sagt sie der Polizei, nicht dem »Vater«.

Die beiden Gebers hatten schon in Wien recht gut Englisch gelernt. Aber es gab in den Vereinigten Staaten nur begrenzte Möglichkeiten für Leute ohne Startkapital; beide landeten, so wie alle Bechinskys in London, als Hausangestellte bei an ihrem Schicksal völlig desinteressierten Plutokraten. Ihre Tochter Eleonore, nun Laurie, gaben sie immer wieder – nicht aus Nachlässigkeit, sondern aus harter wirtschaftlicher Notwendigkeit – in *orphanages* zur vorübergehenden Betreuung. Die Familie erzählt dem Historiker, dass das kluge Kind nach einem guten Dutzend verschiedener Waisenhäuser irgendwann die Nahrungsaufnahme verweigerte; danach durfte Laurie bei den Eltern bleiben.

J. GEBER-LOSERT

früher Wiens grösste

MODISTEN-SCHULE

Gründlichste Ausbildung in kürzester Zeit nach leicht fasslicher Methode. Abendkurse. Anfragen tägl. 7-9 p. m.

58 West 85th Street, N. Y. C.

Geber und Hansi versuchten nun wirklich alles, um in New York einen Fuß auf den Boden zu bekommen. Hansi inserierte im Frühjahr 1941 ein paarmal in der auf Deutsch erscheinenden New Yorker Zeitung *Aufbau*, man könne bei ihr das Modistinnengewerbe erlernen, Anrufe bitte erst abends (untertags musste sie ja arbeiten). Natürlich hatte Geber sie überredet, die in zwei Zimmern der Wohnung am Fleischmarkt untergebrachten Hutmacherinnenkurse von Mutter Geber in den Annoncen großspurig als ehemals »größte Modistenschule Wiens« zu bezeichnen.

Im Oktober 1941 wird Günther Herrmann als Kommandeur des Einsatzkommandos 4b abgelöst und geht zurück nach Berlin, wo seine Frau und die Buben bis zum Ende des Krieges bleiben werden. Er selbst arbeitet in der NS-Polizei-Lehranstalt in Berlin Charlottenburg, Kaiserstraße 1. Heinrich Himmler ernennt Günther Herrmann im September 1942 zum SS-Obersturmbannführer.

1943

Willy Geber sah mittlerweile ein, dass seine Bestimmung nur Los Angeles sein konnte. Dort lebten zu dieser Zeit viele österreichische und deutsche Flüchtlinge und versuchten sich im Filmbusiness hochzuarbeiten. Geber lernte den Hollywood-Korrespondenten des *Aufbau*, Franz Kafka, kennen und bat ihn um den Gefallen, die gesamte deutschsprachige amerikanische Welt von seiner Ankunft in Hollywood zu verständigen. Das tat dieser auch und schrieb zwar Gebers Namen richtig, verstand aber leider den Titel des Liedes *Monika*, mit dem Willy Geber seine etwas überstrapazierte Berühmtheit als Schlagerkomponist in Österreich begründet hatte, nicht und schrieb: »Viennese song composer Willy Geber (*Veronica*) arrived in town.« Geber schäumte, aber wenigstens stand er wieder einmal in der Zeitung.

Robert Peiper schrieb regelmäßig mehrseitige Tiraden (in deutscher Sprache) an die langmütige schwedische Ausländerpolizei. Um die von ihm als völlig unbotmäßig empfundene Behandlung ins rechte Licht rücken zu können, betonte er auch immer seine Bedeutung in Wien.

16. April 1943, Robert Peiper aus Råsunda an Socialstyrelsen:

> Vielleicht werde ich in einem kommenden, neuen und wieder freien Oesterreich auch irgendeine Rolle spielen. Als ich Wien verliess, zählte ich jedenfalls zur jungen Garde der Schriftsteller – sechs meiner Bühnenstücke wurden aufgeführt, darunter ein sozial-kriminelles Drama –, nun, ich werde, wie ich es schon vorher war, ein geschworener Feind der Bürokratie sein, aber ebenso, wie ich es immer war, ein Rechtsfanatiker, und wenn einmal einem Ausländer, z. B. einem Schweden in Oesterreich etwas [Norrköpinges] passieren würde, er hätte in mir, trotz allem, einen kämpfenden Fürsprecher.

In Zagreb war die Stimmung unter den Ustascha schlecht, man hörte immer neue Geschichten von den erstarkenden Partisanen Titos, und niemand hatte besondere Lust, in deren Hände zu geraten. In Zagreb flogen regelmäßig Einrichtungen der regierungsnahen Organisationen in die Luft; ich machte mir jeden Tag Sorgen, ob Ilse gesund aus dem Büro zurückkehren würde. Um die in der Stadt versteckten Partisanen zu finden, führte die Zagreber Polizei systematisch Razzien durch. Das Prinzip war einfach: Ein Straßenblock wurde abgeriegelt, vor und hinter jedem Haus wurde ein Polizist positioniert, und dann durchkämmten die Sicherheitsbehörden haarklein Wohnung für Wohnung nach möglichen nicht registrierten Einwohnern. Die Operationen liefen umso besser, je überraschender sie stattfanden. Nicht angemeldet zu sein und bei einer Razzia aufgestöbert zu werden, war in Zagreb mit der

Todesstrafe bedroht. Ein Mensch wie ich, der auf alles vorbereitet sein muss, kann in so einer Situation natürlich nie ruhig schlafen. Ich musste jeden Abend in der eigenen Wohnung unsichtbar werden. Keine Schuhe im Vorraum, kein Mantel, kein Hut, nichts durfte auf einen männlichen Mitbewohner hindeuten. Die geübten Razzia-Beamten hatten alles schon gesehen und wussten, wo sie Nachschau halten mussten; sinnlos, sich unters Bett zu legen oder in den Kasten zu setzen. Völlig undenkbar, einen Raum zu versperren. Was tun?

Ich bat Ilse, eine Kiste zu besorgen, in der ich im unteren Teil gerade Platz hätte und in die über mich

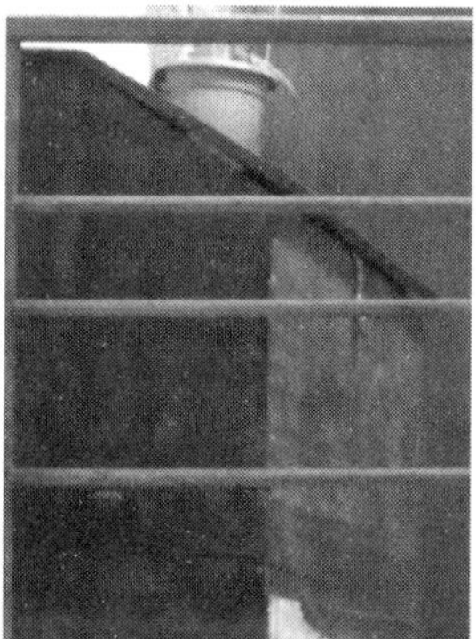

Decken gelegt werden könnten. In diesem Holzverschlag saß ich dann, als einmal unsere Straße dran war, im Winter 1943 stundenlang auf dem Balkon und sang mir gegen die Angst leise Willy Gebers Schlager vor. Ilse öffnete mit Albine Goldstein den Polizisten die Tür, die zum Glück bei österreichischen Frauen keine versteckten Partisanen erwarteten und unsere Wohnung nur mit halber Kraft auf den Kopf stellten. Der Historiker sagt, so eine Kiste habe er bei seinem Besuch im Zagreber Haus im Stiegenhaus gesehen. Könnte meine gewesen sein.

Für unsere Verfolger mussten wir das Bild einer gewissen Normalität schaffen, wir dachten uns, am einfachsten gelänge das in Form von mitgelesenen Briefen. So erhielten mit demselben Schreiben die Empfänger zu Hause einen schwesterlichen Brief und die Zagreber Zensoren einen Eindruck von Ilses Tagesablauf:

9. März 1943, Ilse Focke an ihre Schwester Alice:

> Hier sind alle meine Freunde in alle Winde zerflattert, dieser Krieg wirbelt die Menschen in ganz Europa herum. Ich selbst gehe nach wie vor am Vormittag ins Büro, wenn ich heimkomme, koche ich schnell etwas am Gas, und die kurzen Nachmittagsstunden gehen meist mit verschiedenen Gängen und Arbeiten herum. Seit ein paar Monaten bin ich Besitzerin eines Radioapparates, der mir viel Spass macht. Denn am Abend ausgehen ist nicht sehr erquicklich, um 11 Uhr ist schon Sperre, die Kaffeehäuser schliessen um 9 Uhr, und so kommt höchstens noch ein Kino infrage, wohin ich auch nur alle heiligen Zeiten einmal komme.

Günther Herrmann hatte sich inzwischen für eine zweite Runde an der Front gemeldet und ging von Oktober 1942 bis März 1943 mit der Einsatzgruppe D noch einmal als Kommandant des Einsatzkommandos 12 in die Ukraine. Weil gerade die Schlacht bei Stalingrad verloren ging, befand sich dieses Kommando bald großteils auf dem Rückzug. Es hatte aber immer noch die einzige Funktion, jenseits des Kriegsrechts und abseits der Front Massaker unter der Zivilbevölkerung zu verüben oder diese später zu vertuschen.

Um das sinnlose Töten in einem bereits absehbar verlorenen Krieg fortzusetzen, wird Günther Herrmann noch Chef der Einsatzgruppe E, die 1943 in Kroatien stationiert wird. Jetzt wohnt er in Zagreb, wie ich; nach Wien, Prag und Brünn haben wir schon wieder eine gemeinsame Stadt gefunden. Er geht jeden Tag hinaus, um Partisanen und als Geiseln genommene Zivilisten zu ermorden, ich sitze Tag und Nacht in meinem Käfig im dritten Stock der Nemčićeva Straße. In der kollektiven österreichischen und deutschen Erinnerung haben sich viele Geschichten von den kompromisslosen und grausamen Aktionen der Tito-Partisanen gegen deutsche Soldaten erhalten – Was gerne ausgeblendet wird: Die Vorlage für völlig entgrenztes Töten Unschuldiger haben ihnen in den Jahren zuvor die deutschen Sicherheitsbehörden und die Generäle der Wehrmacht geliefert. Es war ein vom ersten Tag an kalt und rücksichtslos geführter Völkermord an sämtlichen Bewohnern des Balkans, die sich der NS-Ideologie und in deren Schatten der faschistischen kroatischen Nationswerdung widersetzten oder ihr einfach nur im Wege waren.

1944

Ende 1944 begannen die Briten, Zagreb zu bombardieren. Das wäre im Prinzip ganz in meinem Sinne gewesen, um den Krieg schneller zu beenden, Bomben haben nur leider fast immer denselben Schönheitsfehler: Sie treffen neben ein paar anvisierten hauptsächlich die falschen Ziele. Als illegaler Bewohner Kroatiens hatte man natürlich kein Recht auf den Besuch schützender Einrichtungen. Für mich hieß das in gut dreißig Nächten mit Bombenalarm, allein in der Wohnung zu bleiben und Ilse in den Luftschutzbunker zu schicken. Wir wohnten im dritten Stock, was recht schön sein kann, aber es ist eindeutig nicht die beste Lage, wenn britische Brand- und Splitterbomben fallen. Bis heute tragen manche Häuser die Pfeile mit den Hinweisen auf die schützenden Keller. Ich saß oben im Dunkeln und betrachtete das Spektakel aus heulenden Luftschutz-Sirenen, Suchscheinwerfern, Flugzeug-Lametta, hysterischen Kindern mit ihren Müttern auf der Straße, fernem und nahem Krachen der einschlagenden Bomben und vorbeirasenden Ambulanzen und wartete und hoffte darauf, dass, wenn alles vorbei war, Ilse und Albine Goldstein wieder gesund zurückkommen würden.

Willy Geber war unglaublich produktiv, und endlich wurde er im *Aufbau* mit der Komposition eines patriotischen Liedes erwähnt – diesmal als *Will Gerber* falsch geschrieben. Wenigstens entschuldigte sich das Blatt eine Woche später (ich bin sicher, er ist in seiner Empörung direkt in die Redaktion gestürmt). Geber stellte sich bei allen Gelegenheiten als »bekannter Komponist aus Wien« vor; die Verwandlung von »kurz vor dem Durchbruch« zu »erfolgreich« muss auch auf Ellis Island stattgefunden haben.

Die Einträge der Kompositionen Willy Gebers in der Publikation *List of Copyright Entries* ergeben eine schöne Dokumentation seiner Dienstorte als Hausangestellter, die Titel spiegeln seine Gemütszustände. Sie zeigen die Versuche, mit populären Themen bei jüdischen, kriegswichtigen oder einfach nur erfolgreichen Labels unterzukommen.

Songtitel	**Textautor**	**Jahr**	**Ort**
Mamenyu, mayn tayereh	Jimmy S. Gruber	1940	N.Y.C.
After all I ever did for you	Jack Fried	1941	N.Y.C.
Be a pal to me	Jack Fried	1941	Baltimore
Little Spanish maid	Jack Fried	1942	Baltimore
Alone in a crowd	Phil Koehler	1942	Middletown, Conn.
America, we march	Edgar A. Martin	1942	Middletown, Conn.
Marching on to Berlin	Edgar A. Martin	1942	Middletown, Conn.
Forget Pearl Harbor	Frank Lawrence	1942	Middletown, Conn.

Baby soldier, goodbye	Edgar A. Martin	1942	Middletown, Conn.
We're all in the same union now	Edgar A. Martin	1942	Middletown, Conn.
Disturbing	Edgar A. Martin	1942	Middletown, Conn.
I tried anyhow	Edgar A. Martin	1942	Middletown, Conn.
Mademoiselle	Edgar A. Martin	1942	Middletown, Conn.
My Valley	Phil Koehler	1942	Middletown, Conn.
Parachutists	Edgar A. Martin	1942	Middletown, Conn.
Parkin' on a cloud	Edgar A. Martin	1942	Middletown, Conn.
Subaqueous Romance	Edgar A. Martin	1942	Middletown, Conn.
We can we will we must	Edgar A. Martin	1942	Middletown, Conn.
When the world is at peace	Edgar A. Martin	1942	Middletown, Conn.
Goin' my way, buddy	Garland Brunton	1943	Beverly Hills
Nothin but my love, I haven't a thing to offer	Mae Augusta Heath	1943	Hollywood
It will be so lovely	Mae Augusta Heath	1943	Hollywood
Wish me luck	Edgar A. Martin	1943	Middletown, Conn.
Russian serenade	Edgar A. Martin	1943	Middletown, Conn.
Moonlight madness	Mark Wayne Yankee	1945	L.A.
Juccas in bloom	Mark Wayne Yankee	1945	L.A.

I'm just an April fool	Mark Wayne Yankee	1945	L.A.
Did I remember today	Daniel Siler	1945	L.A.
Timid ranger	Mark Wayne Yankee	1945	L.A.
Sooner or later	Mark Wayne Yankee	1945	L.A.
Brooklyn polka	Edgar A. Martin, Hansi Geber	1946	N.Y.C.
Backporch polka	Edgar A. Martin, Hansi Geber	1946	N.Y.C.

Es gibt in diesen Listen auch noch eine Rubrik *published/unpublished*, um zwischen tatsächlich auf den Markt gekommenen und nur fürs *copyright* eingereichten Liedern, die vielleicht einmal an einem geselligen Abend von einem Chor öffentlich dargebracht wurden, zu unterscheiden. Es macht mich traurig, aber wie es aussieht, hat mein Freund Geber in Amerika keine einzige Aufnahme mehr auf Schellack oder Vinyl herausgebracht.

Wie alle Flüchtlinge verloren wir in unserer Familie über Jahre jeden Kontakt zueinander. Einige Zeit nutzten wir Bekannte und Freunde in neutralen Drittstaaten, um uns Nachrichten zukommen zu lassen. Dann wurde es viel zu gefährlich, Auskünfte über sich selbst oder andere per Post zu senden, und alle Informationskanäle rissen ab. Von meiner Mutter und meinen Schwestern wusste ich ab 1941 gar nichts mehr; ich kannte zum Glück nicht alle Details über die Verfolgungen in Frankreich. Für ausländische Juden war es, wenn sie keine besonderen Beschützer hatten, fast unmöglich, den Krieg dort zu überleben.

Vielleicht kennen Sie den Dokumentarfilm *Das Haus nebenan* von Marcel Ophüls. Der thematisiert die Zeit der Besatzung und Kollaboration in Clermont-Ferrand und lässt wenig Zweifel an der Freude der Franzosen, bei der Judenverfolgung mithelfen zu können. In genau dieser Stadt überlebten meine Mutter und meine Schwester Erna mit ihrem Bekannten, später Freund und Ehemann Nathan Lamm das Vichy-Regime.

Mme Eugénie Courtois hatte gerade ihren Mann verloren, der als Widerstandskämpfer nach Mauthausen gebracht und in Schloss Hartheim ermordet worden war. Sie hatte drei erwachsene und zwei kleine Kinder und trotzdem den Mut, meine Mama und Erna in ihrer Wohnung zu verstecken. Mme Courtois starb 1947, ihre Kinder Michel und Simone leben noch und erzählten dem Historiker folgende Geschichte, die sich eines Tages, als die Miliz mit Simone Courtois zu einer Überprüfung nach Hause ging, abspielte: Simone wusste von den versteckten Frauen und bat die Milizionäre, sie vorausgehen zu lassen, um der stillenden Mutter die Gelegenheit zu geben, sich vor dem Besuch der Polizei noch etwas überzuziehen. Dabei sei es gelungen, die Frauen zu warnen; der zufällig anwesende Docteur Lamm habe sich noch mit einem Hechtsprung auf den Nachbarbalkon davonmachen können.

Im August 1944 wurde Clermont-Ferrand befreit und Nathan Lamm ging als Arzt ein Jahr an die Front. Er versuchte danach, Franzose zu werden; sein vierzigseitiger Einbürgerungsakt zeigt alle Stationen seiner Odyssee durch Frankreich in den Jahren zuvor: Als promovierter Psychiater meldete er sich 1939 zur Fremdenlegion, um gegen die Deutschen zu kämpfen. Nach genau einem Tag im Feld Mitte Juni 1940 wurde seine Einheit in Südfrankreich demobilisiert. Er arbeitete in einer Klinik in Marseille und später im berüchtigten Asile de Bron bei Lyon. Als polnischer Jude bekam er dann Arbeitsverbot und musste wie meine Mutter und Schwester von Anfang 1943 bis Mitte 1944 untertauchen.

Als er sich um die französische Staatsbürgerschaft bewarb, erwähnte er klugerweise mit keinem Wort, dass er Jude war und dass ihn dieselben Beamten der Präfektur Puy-de-Dôme kurz zuvor noch nach Auschwitz verschicken wollten. Alle Stellen befürworteten seinen Antrag, nur die französische Ärztekammer fand, es gebe schon zu viele *ausländische* Ärzte, und sprach sich, ohne dass dies Folgen gehabt hätte, ausdrücklich gegen seine Einbürgerung aus.

Nathan Lamm sorgte die nächsten fünfzig Jahre für meine beiden Schwestern und meine Mutter. Ich kann ihm nicht übel nehmen, dass es seine Verwandten waren, die dem Historiker geholfen haben, meine erste Identität aufzudecken.

1945

Ernst Kaltenbrunner schlägt Günther Herrmann Anfang 1945 noch zum SS-Standartenführer vor, dann verliert sich die Spur der Familie Herrmann für mehrere Jahre.

Acht

Der Krieg war aus. War der Krieg aus?

Die Wochen und Monate nach Kriegsende in Zagreb waren unbeschreiblich. Sieben Jahre Unterdrückung, davon netto fünf Jahre die nackte Todesangst – löst sich so eine Bedrohung auf, lebt man wie in einem Rausch und vergisst, dass man vielleicht besser im Schatten bleiben sollte, wenn man von einer Lichtgestalt wie Tito befreit wurde.

Der Suchdienst des Roten Kreuzes brachte uns irgendwie wieder zusammen. Ich erfuhr nach Jahren der Ungewissheit während des Krieges und Monaten der Suche nach dem Krieg, dass meine Mutter und meine Schwestern in Frankreich wohlauf waren. Über meinen kleinen Bruder David bekamen wir auch in den vierzig Jahren danach keine Informationen. Natürlich haben sie ihn umgebracht, aber es ist beinahe noch einmal so grässlich, nicht zu wissen, wann und wo. Mein Vater war in Krakau, und man erzählte uns, er sei im dortigen KZ Płaszów erschossen worden. Wenn Sie sich mit Filmen auskennen, das ist der Ort, wo viele Szenen von *Schindlers Liste* spielen und wo – im Hollywoodfilm wie auch in der Wirklichkeit – der aus Wien stammende Kommandant Amon Göth viele Juden selbst erschossen hat.

Sehr bald schlossen wir uns in Zagreb den ersten Verbänden der Überlebenden an. In der Stadt hatten ein paar tausend Juden überlebt, die sich unter den Schutz der Taufe und des Erzbischofs Stepinac gestellt hatten. Diese Schande habe ich meinen Vorvätern erspart. Die katholische Kirche Kroatiens, in ihrer vorerst ungebrochenen Allmacht und mit Güte und Organisationstalent ausgestattet, war ab Mai 1945 schon wieder mit Rettungsmaßnahmen beschäftigt, diesmal allerdings mit der Rettung der Ustascha-Schergen via Italien nach Argentinien.

In Zagreb gab es bald ein Flüchtlingshilfe-Büro der UNRRA mit angeschlossenem unerschöpflichem Warenlager. Ich gründete mit dem lieben Gustav Graf, der sich auch aus Wien hierher gerettet hatte, noch im Juni 1945 das *Österreichische Antifaschistische Komitee in Zagreb*. Wichtig waren die nächsten paar Jahre das Bekenntnis zum Wort *antifaschistisch*, ein Ausweis mit

Stempeln und ein Auftreten als Sieger der Umstände. Ich hatte zur Befreiung Jugoslawiens vom Faschismus genau genommen so wenig beigetragen wie zur Befreiung Österreichs, aber es lief prächtig. Da ich die letzten Jahre untergetaucht war, konnte niemand etwas gegen mich haben und mich den, vorsichtig formuliert, willkürlichen Säuberungsmaßnahmen der kommunistischen Geheimpolizei ausliefern.

Einige Juden kamen aus ihren Verstecken, aus der Zwangsarbeit und aus den Lagern zurück; die jüdisch-religiösen Aktivitäten zogen mich aber in den kommenden Jahren wenig an, allein schon, weil ich meine evangelische Freundin heiraten wollte. Der Zagreber Kultusgemeinde trat ich aber trotzdem bei.

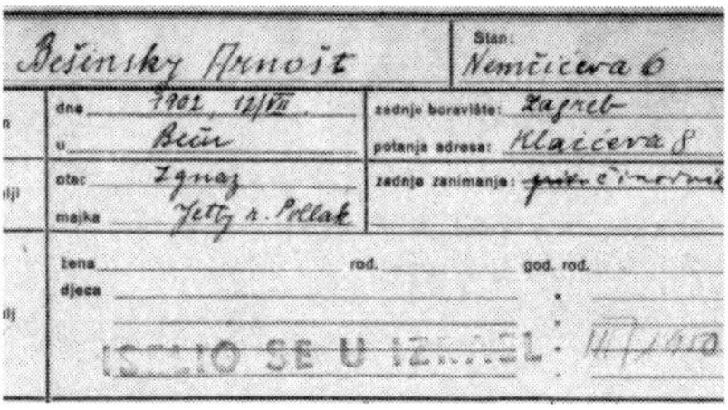
Stan: Nemčičeva 6
dne 1901 12/VII
u Beču
otac Ignaz
majka Jetty r. Pollak
zadnje boravište: Zagreb
potanja adresa: Klaićeva 8
zadnje zanimanje:
žena rod. god. rod.
djeca
ISELIO SE U IZRAEL

Ilse hatte mich unter Einsatz ihres Lebens in das Jahr 1945 herübergerettet. Einige Jahre später legten die Gestalter des Holocaust-Gedenkortes in Jerusalem einen Wald an, in dem Bäume für die *Gerechten unter den Völkern* gepflanzt wurden. Die Voraussetzungen für diese Ehre sind einfach: als Nichtjüdin einen oder mehrere Juden ohne finanziellen Vorteil und unter gewissen Gefahren über die Nazi-Herrschaft gerettet zu haben. Bevor man in Jerusalem so einen Baum gewidmet bekommt, sind allerdings viele bürokratische

Hindernisse zu überwinden: Man sollte im Geheimen abgelaufene Rettungsaktionen notariell belegen können, was im Nachhinein so umständlich ist, dass ich dem Historiker gleich gesagt habe, er solle das ruhig bleiben lassen.

Robert Peiper blieb nach 1945 in Schweden. Er hatte sich als Kommunist genug exponiert, um keinesfalls in die Vereinigten Staaten zu seinem Bruder gehen zu können, was er während seiner Dispute mit den Ausländerbehörden als unmittelbar bevorstehend angekündigt hatte. Er blieb auch nach dem Krieg immer mein lieber Freund Peiper, aber über den Kapitalismus redete ich nach seinem dritten Wechsel in das absolute ideologische Gegenteil von allem, was er vorher behauptet hat, nicht mehr mit ihm. Ich habe wirklich nie verstanden, wie es Juden geben konnte, die gegen die Marktwirtschaft waren.

Anfang 1946 veranstaltete Peiper einen Tucholsky-Gedächtnis-Abend in Stockholm. Kurt Tucholsky war zehn Jahre zuvor in Schweden unter ungeklärten Umständen gestorben und Peiper fühlte sich dem großen deutschen Intellektuellen jetzt so nah wie wir alle damals in Wien Karl Kraus und Peter Altenberg. Das las sich in den Publikationen, die Peiper 1926 für den unseligen Verband Nationaldeutscher Juden verfasst hatte, noch etwas anders: Damals glaubte Peiper noch, im linksliberalen Tucholsky den größten Feind des deutschen Judentums erkannt zu haben.

Peiper wurde dann noch zu einer anerkannten Größe für kleinere Rollen des schwedischen Heimatfilms. In diesem dem österreichischen Nachkriegsfilm verwandten unpolitischen Unterhaltungs-Format spielte er von 1948 bis 1951 bei fünf Produktionen mit. Seine Charaktere schafften es weder aufs Plakat noch in die Programmzeitungen, aber es freut mich, dass er in seinem letzten Film einen Passfälscher gespielt hat.

En svensk tiger (Der Schwede schweigt / Der schwedische Tiger)	1948	Rolle: Kammerdiener in Algier
Flottans Kavaljerer	1948	Rolle: Marco Carotti
Främmande Hamn	1948	Rolle: Matrose
Svenske Ryttaren (Der schwedische Reiter)	1949	Rolle: der Wirt
Bärande Hav	1951	Rolle: blinder Straßenmusikant, der auch Passfälscher ist, in Hamburg

Ilses Nachnamen-Karussell ging uns schon länger auf die Nerven; zuerst Pollack, nun wieder Focke, und ein guter deutscher Name war in Jugoslawien 1946 auch kein Bonus mehr. Das musste jetzt anders werden. Also beschlossen wir zu heiraten, und meine Retterin wurde endlich zu Ilse Beschinsky.

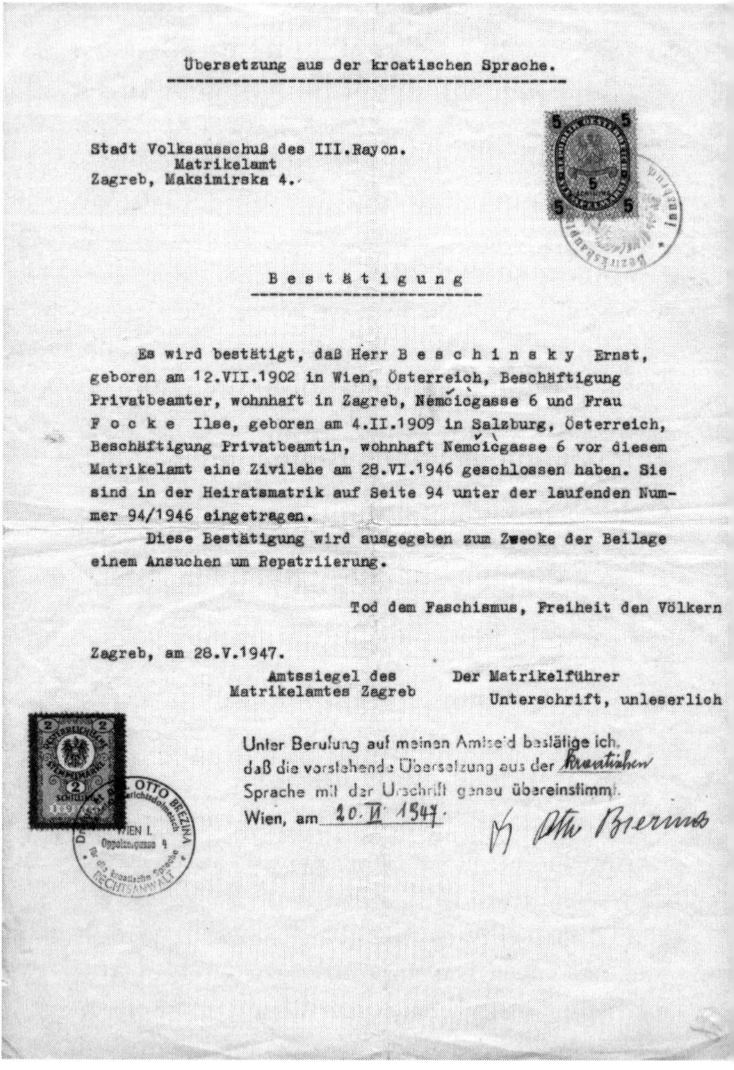

Übersetzung aus der kroatischen Sprache.

Stadt Volksausschuß des III.Rayon.
Matrikelamt
Zagreb, Maksimirska 4.

Bestätigung

Es wird bestätigt, daß Herr B e s c h i n s k y Ernst, geboren am 12.VII.1902 in Wien, Österreich, Beschäftigung Privatbeamter, wohnhaft in Zagreb, Nemčićgasse 6 und Frau F o c k e Ilse, geboren am 4.II.1909 in Salzburg, Österreich, Beschäftigung Privatbeamtin, wohnhaft Nemčićgasse 6 vor diesem Matrikelamt eine Zivilehe am 28.VI.1946 geschlossen haben. Sie sind in der Heiratsmatrik auf Seite 94 unter der laufenden Nummer 94/1946 eingetragen.

Diese Bestätigung wird ausgegeben zum Zwecke der Beilage einem Ansuchen um Repatriierung.

Tod dem Faschismus, Freiheit den Völkern

Zagreb, am 28.V.1947.

Amtssiegel des Matrikelamtes Zagreb

Der Matrikelführer
Unterschrift, unleserlich

Unter Berufung auf meinen Amtseid bestätige ich, daß die vorstehende Übersetzung aus der kroatischen Sprache mit der Urschrift genau übereinstimmt.
Wien, am 20. VI. 1947.

Dr. Otto Brezina

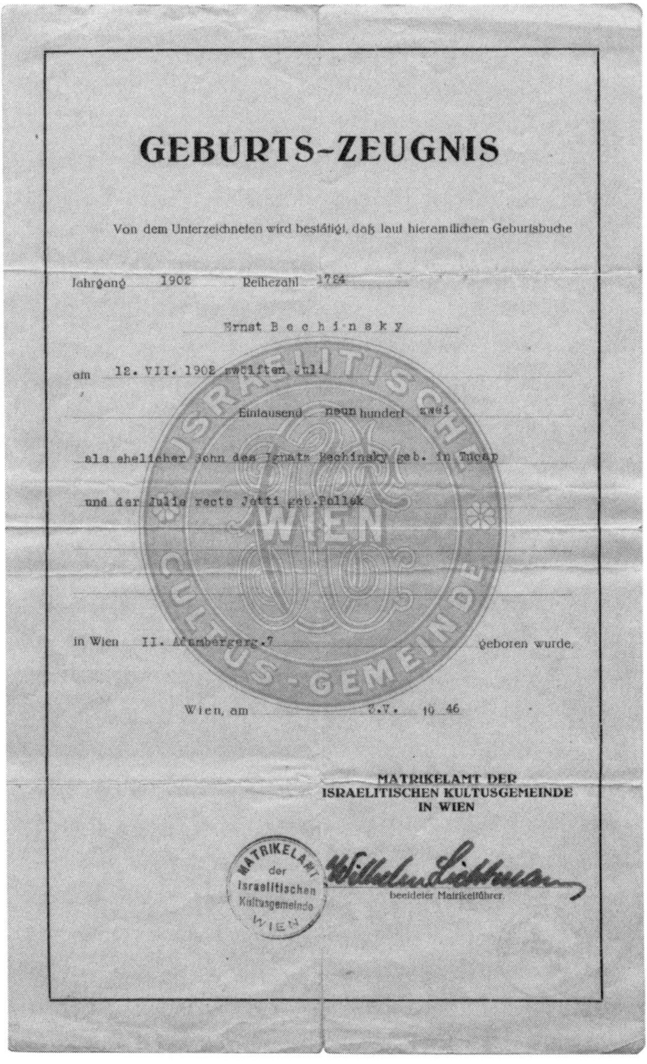

GEBURTS-ZEUGNIS

Von dem Unterzeichneten wird bestätigt, daß laut hieramtlichem Geburtsbuche

Jahrgang 1902 Reihezahl 1724

Ernst B e c h i n s k y

am 12. VII. 1902 zwölften Juli

Eintausend neun hundert zwei

als ehelicher Sohn des Ignatz Bechinsky geb. in Tucap

und der Julie recte Jetti geb. Pollak

in Wien II. Arnbergerg.7 geboren wurde.

Wien, am 3.V. 19 46

MATRIKELAMT DER
ISRAELITISCHEN KULTUSGEMEINDE
IN WIEN

beeideter Matrikelführer.

Die Eheschließung ist auch so ein Ereignis, bei dem jeder Staat und seine misstrauischen Standesbeamten einen noch einmal gründlich durchleuchten. Die Beschaffung der notwendigen Unterlagen im Vorfeld ist bis heute eine eigene Wissenschaft, besonders wenn man Ausländer ist. Ilse hatte noch das etwas in die Jahre gekommene Ehefähigkeitszeugnis aus Hall von 1941, das brauchten wir hier herunten nicht. Sie hatte zudem zwei deutsche Reisepässe, die reichten zur Identifikation. Aber mein tschechoslowakischer Fremdenpass aus Brünn, der mir bis hierher ausgezeichnete Dienste erwiesen hatte, war den eigentlich elastischen jugoslawischen Behörden zu wenig zur Beurkundung meiner Existenz. Also musste ich mir einen Geburtsschein in Wien besorgen. Für jeden anderen unter anderen Umständen kein Problem, für mich als leihweisen Träger des schönen Namens Arnošt Bešinsky recte Ernst Bechinsky hing natürlich mehr dran. Erstens: Sollte ich wirklich bei diesem Namen bleiben? Ich mochte den Vornamen Ernst nicht besonders, aber in meiner Familie nannte mich ja nie jemand so. Andererseits hatte der Vorname etwas so Deutsches, dass er, in Kombination mit dem Nachnamen, für Zöllner, Grenzer, Polizisten, Gendarmen und andere Juden-Soforterkenner seriös und österreichisch klang. Er klang auch nicht besonders jüdisch, was in einem Land wie Österreich, wo vor nicht allzu langer Zeit ein Drittel der jüdischen Bevölkerung umgebracht und zwei Drittel vertrieben worden waren, auch von Vorteil sein konnte. Wenn ich später als Repräsentant durch die Tiroler Seitentäler fuhr, hielten mich die Leute einfach für einen Wiener; das passte mir ausgezeichnet.

An dieser Stelle traf ich meine endgültige Entscheidung: Der Name Emanuel Willner hatte ausgedient. An diesem Namen hing als größter Nachteil nämlich eine polnische Staatsbürgerschaft. Schon im August 1945 fand in Krakau das erste Pogrom der Nachkriegszeit statt, und dorthin wollte spätestens dann wirklich kein Jude Europas repatriiert werden; noch weniger jemand wie ich mit einer österreichischen Frau. Genau diese freundliche Aufforderung, doch in *mein Land* Polen zurückzugehen, hätte mir aber unter sozialistischen Bruder-Staaten früher oder später gedroht. Vielleicht hätten es die jugoslawischen Behörden auch im Nachhinein gar nicht lustig gefunden, dass ich ihnen seit 1939 regelmäßig einen falschen Fremdenpass unter die Nase gehalten hatte. Von Willy Geber erfuhren wir, dass der andere Ernst Bechinsky noch lebte und mittlerweile in der Finanzverwaltung des Mandates Palästina wirkte. Ich machte es mir nicht leicht, aber ab dem Sommer 1945 war klar: Vorläufig würde mein Name für immer Ernst Beschinsky lauten. Beschinsky mit *s*, wenn möglich.

Ein lästiges organisatorisches Problem war, dass Österreich von den Siegermächten des Weltkriegs besetzt war und diese großes Interesse daran hatten, die alten Kommunikationswege zunächst zu unterbrechen und später zu überwachen. Kurz: Bis Anfang 1946 ging überhaupt keine Post von Wien ins Ausland, dann kam die alliierte Postzensur und öffnete noch jahrelang jeden Brief an verdächtige Destinationen. Deshalb prangt auf der Rückseite meiner Geburtsurkunde aus Wien auch ein Stempel der Zensurstelle W205. Ich bekam den Schein im Mai 1946, im Juni wurde am Zagreber Standesamt Maksimir geheiratet. Ohne Familien. Meine war zur Hälfte umgebracht und saß zur anderen Hälfte im mittelfranzösischen Sanatorium Mont Dore, die von Ilse hatte alles gut überstanden, saß aber zur Hälfte im Gefängnis. An unserer Seite standen als Zeugen der liebe Jakob Ruff aus Czernowitz und, passend zu unserem Namens-Verwirrspiel, die reizende Elisheva Pollak.

Neun

Der schlimmste Tag meines Lebens war der 6. Mai 1948. Das klingt vielleicht ungewöhnlich für jemanden, der zu diesem Zeitpunkt zehn Jahre auf der Flucht war, aber es stimmt. Mit allen anderen Verfolgungen hatten wir gerechnet, mit dieser nicht. Ich spazierte auf der Zagreber Maksimirska und bemerkte eine Gruppe Männer, die ich als Geheimpolizisten kannte. Was mich völlig überraschte, war, dass die Herren sich an diesem Tag für mich interessierten. Mit aufs

Revier? – Gut, was sollte sein? Vielleicht fand ein Kunde ein geliefertes Produkt nicht zufriedenstellend und hatte mich angeschwärzt? Da in Zagreb jeder hin und wieder etwas auf der Straße verkaufte, beunruhigte mich das auch noch nicht. Man konnte sich immer herausverhandeln, und auch Beamte brauchten manchmal Toiletteartikel für sich oder, in relevanteren Fällen, etwas für die Mutter oder Gattin.

Diesmal war alles anders; kein wissendes Lächeln, kein halb-konspiratives Augenzwinkern. In der Polizeistation standen plötzlich nur mehr Polizisten, die ich noch nie gesehen hatte. Sie machten mir Angst. Man setzte mich in ein Zimmer und ließ mich zunächst einmal zwei Stunden schmoren. Dann kam ein Geheimer und fragte, was in der letzten Woche Ungewöhnliches passiert sei. Da dämmerte mir, warum ich hier war: Eine Woche zuvor hatte eine uns unbekannte deutsche Frau bei uns übernachtet, gegen einen kleinen Gefallen. Sie war unwahrscheinlich nervös gewesen und schon beim Nach-Hause-Gehen hatte ich kein gutes Gefühl gehabt. Aber die österreichische Delegation in Zagreb hatte mich um diesen Gefallen gebeten – mit diesen Leuten will man natürlich gut stehen. Man hatte mir das größtmögliche Kuckucksei in die Wohnung gelegt, das ich mir zu diesem Zeitpunkt vorstellen konnte. Ich fragte den Vernehmungsbeamten, ob er wisse, wer diese Frau gewesen sei. Er wusste es: Es war Ursula Herrmann, die Frau des ehemaligen Gestapo-Mannes Günther Herrmann. Genau. Die Frau meines dunklen Begleiters. In unserer Wohnung. Wo war Ilse?

Vieles an dieser Geschichte hat sich nie aufklären lassen, ich kann nur versuchen, Ihnen die Gefährlichkeit einer solchen Situation zu beschreiben: Ich wurde als Spion betrachtet, und das bedeutete im übernervösen Tito-Staat nichts Gutes. Deutsche Offiziere, gar nicht zu reden von höheren SS-Männern und Gestapo-Angehörigen, ließ der jugoslawische Staat nach kurzen Scheinprozessen aufhängen. Man kann in den meisten Fällen nach den absurden Grausamkeiten, die Österreicher und Deutsche hier über Jahre abgeliefert hatten, gar nicht sagen: völlig zu Unrecht, aber halt ohne regulären Prozess. Warum sich Frau Herrmann in Jugoslawien aufhielt, habe ich nie verstanden. Vielleicht hatte sie sich mit ihrer Familie versteckt? Der Historiker hat alles versucht, das herauszubekommen, ich habe ihn ja direkt darum gebeten. In der Biographie der Herrmanns klafft für die Jahre 1945 bis 1948 ein schwarzes Loch; sie waren verschwunden. Seine Kollegen, die bei den Einsatzgruppen seine Stellvertreter oder seine Nachfolger gewesen waren, wurden in riesigen Nürnberger Prozessen zu Todes- und Kerkerstrafen verurteilt. Günther Herrmann war nicht dabei; wo war er? Versteckt in Zagreb wie Hans Helm? Wo waren seine Frau und seine Kinder? Oder war er ein Doppelagent? Sagte er bei den Jugoslawen aus, um seine Haut zu retten? Hätten die ihn gehen lassen, nach allem, was er hier verbrochen hatte?

Ich hatte bald sehr viel Zeit, über diese Fragen nachzudenken. Wie ich später erfuhr, wurde Ilse am nächsten Tag verhaftet. Sie ahnte natürlich genauso wenig, was da auf uns zukam. Wir waren jetzt zwei Jahre verheiratet und vorher schon über zehn Jahre zusammen gewesen; immer hatte sich der eine auf ein mulmiges Gefühl des anderen verlassen können. Wir hatten die Nazis an der Nase herumgeführt, die Ustascha, die Wiener, Prager, Brünner, Zürcher, Zagreber Polizei gut genug gekannt, um immer davonzukommen. Diesmal hatten wir versagt; gegen den Besuch der Gattin des absolut Bösen war nichts mehr auszurichten.

Vielleicht waren wir auch zu bequem geworden. Wir führten, das gebe ich gern zu, ein sehr gutes Leben in Zagreb, einfach weil mir die jugoslawische Freude am informellen Handel sehr entgegenkam. Ich hatte ein gewisses Sortiment aufgebaut; man ging in unserem Viertel für verschiedene Bedürfnisse bei mir einkaufen. Natürlich wusste auch die lokale Polizei davon, aber es interessierte sie nur insofern, dass sie eben bei Gelegenheit selber etwas haben wollte. In unserem Prozess kam einiges aus meinem Dossier zur Sprache ... na gut, ich gebe zu, ich war eine fixe Größe im West-Zagreber Rasierklingen-, Zigaretten- und Parfum-Geschäft.

Die Anschuldigungen, ein paar amerikanische Zigaretten oder Nylonstrümpfe verkauft zu haben, waren mir einigermaßen egal, auch die Justiz empörte es nicht wirklich. Weil aber die Spionage-Vorwürfe aufgekommen waren, entschied sich das Gericht, in der Nemčićeva Straße eine Hausdurchsuchung zu veranstalten. Ich glaube, Sie haben keine Vorstellung davon, was das bedeutet. Drei Tage nichts zu essen? Kann ich nur lachen. Ein paar Schläge auf Stellen, wo es weh tut? Ist mir nach einer Woche wieder egal. Aber die Schande einer Hausdurchsuchung ist mit nichts zu vergleichen. Sollten Sie in einem verwandten Feld tätig sein, bitte überlegen Sie sich gut, ob Sie es darauf ankommen lassen wollen.

In unserem Fall machten sich drei Beamte auf den Weg, zwei Männer und eine Frau. Ich glaube, die Kollegin nahmen sie mit, um den Inhalt unserer Kästen überhaupt beschreiben zu können. Das Protokoll dieser Hausdurchsuchung liegt hier vor. Es ist jetzt fast siebzig Jahre her, und immer noch sträubt sich in mir alles, es Ihnen zur Verfügung zu stellen. Aber der Historiker hat so lange gebettelt, bis ich es ihm gestattet habe.

AUFLISTUNG der Gegenstände in der Wohnung von BESCHINSKY ERNST, in der Nemčićeva Straße 6/III. Anwesende: von Seiten der Staatssicherheit UDBA für Kroatien: Filipović Tugomil, Leutnant, Crnić Andrija, Unterleutnant; von Seiten der/des GNO: Jelinek Andjelka

SCHLAFZIMMER
1. Ein zweitüriger Kleiderschrank, Hartholz, mittelstufige Politur, die Tür ist von der Innenseite mit einer Sperrplatte belegt, auf einer Tür befindet sich ein runder Spiegel. Im Schrank befinden sich folgende Gegenstände: 1 grün-grau-

er Damenpullover aus Baumwolle mit kurzen Ärmeln, 1 schwarzes Kleid mit weißem Kragen, 1 gestreiftes Kleid, 1 Seidenbluse mit Punkten, 1 weißes Seidenkleid, 1 Damenjacke, 1 rotes Kleid, 1 buntes Seidenkleid, 1 rote Bluse, 1 grüne Weste, 1 braunes Kleid mit Overall, 1 braunes Hauskleid, 1 schwarzer unfertiger Rock, 1 schwarzes Kleid, 1 gestreiftes Baumwollkostüm, 1 Seidenpaletot, 1 gelbes Kleid und 1 weiße Spitzenbluse, 1 blaues Kleid, 1 rötliches Kleid, 1 schwarzer Herrenanzug mit Streifen und Weste, 1 braune Sporthose, 1 kurzer karierter sportlicher Mantel, 1 schwarzer Herrenmantel mit Weste, 1 grauer Herrenanzug mit roten Streifen, 1 hellgraue Hose, 39 Kleiderbügel für Anzüge und Kleider, 1 kleines Polster mit einem blauen Leinenüberzug, 1 Leinenbademantel, 2 Kerzenständer, 1 reines Seidenkleid mit Rosen darauf, 1 Paar Socken, 7 Stück getragene Damenhandtaschen, 1 schwarzes Hauskleid mit weißen Rosen, 1 gelbes Kleid, 1 neuer grauer Anzug mit Streifen, 1 brauner Damenmantel, 1 grüne Herrenjacke, 1 grüner Herrenseidenschal, 1 hellbrauner Damenmantel, 1 helles Damenkostüm mit grünem Baumwollschal, 1 doppelter Überzug für die Couch, 1 grüne Decke, 1 Herrenpyjama, 1 rosa Seidennachthemd, 1 Koffer mit 1 silbernen Fuchs und 2 Damenstrohhüten, 1 grauer Seidenmantel, 1 Herrenhauskleid

2. Ein zweitüriger Kleiderschrank, Hartholz, mittelstufige Politur, die Tür ist von der Innenseite mit einer Sperrplatte belegt, mit 2 Schubladen und 5 Teilen mit 4 Schnüren für Wäsche. Im Schrank befinden sich folgende Gegenstände:

1. Schublade: 5 Herrenhüte in verschiedenen Farben, 2 Damenhüte, 4 Kappen, 6 verschiedene Schals, 2 Damenregenkapuzen aus Gummi, 1 dunkelblaue Kombinege aus Seide, 1 Damenhöschen, 4 Kombinegen und 3 Unterhosen in einer Mappe zusammengelegt, 4 Seidenhöschen, 8 Seidenkombinegen, 9 Nachthemden, 5 enge Damenunterhosen, 2 Damenwinterleibchen, 6 BHs, 28 normale Handtücher und

5 Frottierhandtücher, 45 Küchentücher, 23 Tischdecken, 46 Servietten, 35 Taschentücher, 11 gehäkelte Verzierungsdecken, 1 Herrenoverall, 1 alter Damenschlafrock, 3 Meter schwarzer Seidenplüsch, 3 Kinderpolster und 3 Mehlsäcke, 1 Unterrock, 25 Handarbeiten für die Wand, den Tisch usw., 25 große weiße Kissenbezüge, 12 kleine weiße ausgearbeitete Kissenbezüge, 6 Damengürtel und 3 Herrengürtel, 14 Stricknadeln, 23 verschiedene Krawatten, 1 alter bunter Couchüberzug, 1 grüner Herrenpyjama, 14 Bettlaken, 8 weiße Bettüberzieher, 4 weiße Überzieher für das Federbett, 1 blaue Wolldecke, 1 hellgrauer Stoff für einen Anzug, ein halber Meter dunkler Stoff, 3 Meter hellgrauer Stoff, 3 Meter hellgrauer gestreifter Stoff für ein Kostüm, 20 Herrenhemden, 7 Herrenunterhosen, 23 Taschentücher, 1 Winter-Unterhemd und 1 Herren-Overall, 2 Schals, 1 Weste mit langen Ärmeln und 1 Pullover, 5 Handarbeiten, 21 Paar Herrensocken, 7 Paar Damensocken, 1 Paar Gamaschen, 2 Paar dicke Damensocken, 12 Paar alte Damensocken, 2 Herrenpyjamas, 1 Hauskleid für Herren, 1 Material für einen Pyjama, 1 Schachtel mit Hosenträgern für Herren, 7 Teile eines Vorhangs, 1 hellblaue gehäkelte Weste, 1 schwarzes Damenleibchen, 1 rosa Damenwollweste mit kurzen Ärmeln, 1 gelbes Winterhemd aus Stoff für Herren, 1 schwarzes gepunktetes Material für einen Damenrock zurechtgeschnitten, 1 schwarzes Seidenkleid, 1 schwarzes Damenkleid aus Wolle, 1 Paar graue Gamaschen, 1 grauer Herrenschal aus Wolle, 1 weißer Pullover, 1 grauer karierter Schal, 1 blaue Damenweste, 1 roter Pullover, 1 Hauskleid aus Stoff ohne Ärmel, 1 schwarzes Damenkostüm zum Schwimmen, 9 Herrenhemden und 6 Unterhosen, 9 Stück Taschentücher, 1 rote Damenkappe, 1 blaue Weste, 1 gelbes gestricktes kurzärmliges Leibchen, 1 graue Weste, 1 bunte Weste, 2 Winterleibchen für Damen, 1 braunes gestricktes Wollkleid, 2 Winterunterhosen für Damen, 3 Handtücher, 1 schwarzer Herrenhut, 1 Paar braune

Herrenhandschuhe, 1 Paar Damensocken, 17 Paar Handschuhe, 5 Paar Herrensocken, 2 Wollschals, 1 Dirndl, 2 große Wolldecken (1 karierte u. eine braune), 1 Damenbademantel, 1 gehäkelter Pullover, 2 Damenblusen, 1 weiße Hose, 5 Küchentücher, 3 weiße Kombinegen, 10 Servietten und 1 Herrenbadehose, 4 bunte Kissenüberzieher, 4 weiße abgenutzte Kissenüberzieher, 1 weißes Damenkleid, 2 Handtücher und 4 Tischdecken, 2 Damenregenschirme und 2 Herrengehstöcke

3. 1 großer schwarzer Koffer in Form eines Schrankes, 1 Seite hat 5 Teile und auf der anderen kann man Kleidung aufhängen. Im selben befinden sich folgende Gegenstände: 1 Trenchcoat für Herren, 1 blauer Mantel mit Weste, 1 schwarzer Herrenfrack, 1 bunter sportlicher Mantel, 1 schwarzes Damenkleid, 1 schwarzes kombiniertes Kleid, 1 Wintermantel für Damen mit einem Persianerkragen und zwei Herrenhosen. Im anderen Teil des Koffers, d. h. in den Unterteilungen, befinden sich verschiedenen Stoffabfälle, in einer Unterteilung sind 10 verschiedene Damenhüte

4. 1 heller großer Koffer, in dem sich folgende Gegenstände befinden: 1 graue Decke, 8 verschiedene Vorhänge für kleinere Fenster, 1,5 Meter Seidenpopeline für eine Damenbluse, 2 Handtücher, 1 neues Paar hellgelbe Damenschuhe, 1 Paar gelbe Herrenschuhe, 1 Paar schwarze Herrenschuhe, 1 Paar gelbe benutzte Herrenschuhe, 1 Paar alte gelbe Herrenschuhe, 1 paar Gummistiefel, 1 Paar blaue Damenschuhe, 1 Paar Stöckelschuhe, 1 Paar schwarze Damenschuhe, 1 weißes Tuch, 1 Thermometer, 1 Bild mit einem goldenen Rahmen, 1 Heftklammer, 1 großes Bild, 1 Schachtel mit verschiedenen Medikamenten und andere verschiedene Kleinigkeiten

5. 1 Nähmaschine mit verschiedenen Maschinenteilen der Marke Singer mit zwei Schubladen

6. 1 mittelgroßer brauner Koffer, in dem sich folgende Gegenstände befinden: 1 längliches Kristallgefäß, 1 runde Kris-

talltruhe mit Deckel, 1 kristallene Parfumflasche, 1 kleiner Kristallteller, 1 Kristallfläschchen mit rundem Verschluss, 1 Spiegel, 1 Glasgefäß für Schminkpuder, 1 Parfumfläschchen, 1 rote Kartonschachtel für Watte, 10 Puderschachteln, verschiedene Damenkosmetikprodukte, 5 Kämme, 2 abgenutzte Haarbürsten, 1 zerbrochenes Kristallfläschchen mit Verschluss, 1 Glasteller mit Rasierzubehör, 1 kleiner Spiegel, 1 Glasvase, 1 Füllfeder, 1 normale Untertasse (Teller)
7. 1 runder brauner Tisch aus Sperrholz, der mit einem grünen Material bedeckt ist
8. 5 tapezierte Stühle
9. 1 Tischkommode mit 5 Schubladen und 3 Spiegeln
10. 2 Nachtkommoden
11. 1 Halbschrank mit 2 Türen und verschiedenen Unterteilungen
12. 1 Gardinenstange mit 2 blauen und 2 weißen Vorhängen
13. 1 großes Bild einer Kirche im Dunkeln
14. 1 kleines Bild mit Goldrahmen mit einem Kopf eines älteren Mannes darauf
15. 1 weißer Kronleuchter in Form einer Kugel
16. 1 Nachtlampe
17. 1 Elektrowärmeherd für Wohnräume
18. 1 Bettgestell mit drei Matratzen, braun, alt
19. 1 Federdecke mit weißen Überziehern
20. 1 überzogene Federdecke
21. 3 große überzogene Kissen
22. 2 kleine überzogene Kissen
23. 1 Gardinenstange

SPEISEZIMMER
1. 1 Vitrine ohne Glas, in der sich folgende Gegenstände befinden: 130 deutsche Bücher, 7 hohe Whiskeygläser, 1 Flasche von 0,5 Liter für Likör, 23 Glasgefäße für Kompott,

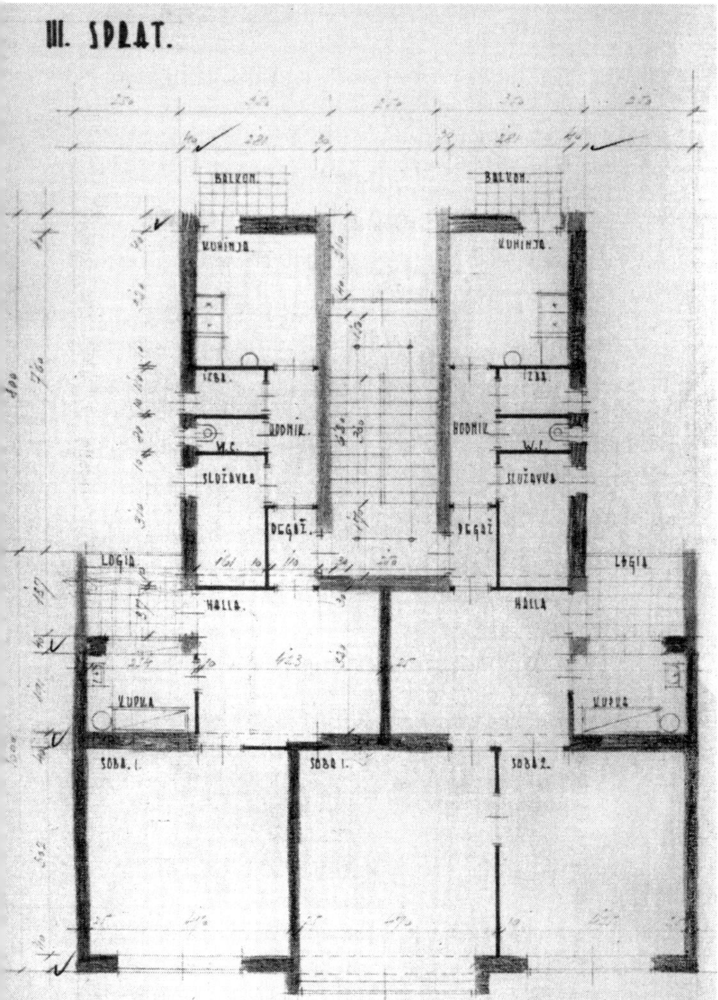
III. SPRAT.
BALKON
KUHINJA
IZBA
HODNIK
W.C.
SLUŽAVKA
LOGIA
HALLA
KUPKA
SOBA 1.
SOBA 2.

4 Glasteller für Kuchen, 9 weiße Kaffeetassen, 11 schwarze Kaffeetassen, 1 Glasgefäß für Milch und 1 Gefäß für Kaffee, 1 Glasgefäß für Zucker, 1 eiförmige Vorrichtung zum Teekochen, 9 kleine Porzellanteller, 11 kleine weiße Teller für Kaffee, 7 kleine Porzellanteller, 1 Sieb, 1 Porzellanbehälter für Tee, 1 gelbe Untertasse, 1 Glaskanne von 1 dl, 1 Fläschchen für Salz oder Pfeffer, 1 Blechbehälter für Zucker, 6 Weingläser, 1 Porzellanteller mit Salatunterteilungen, 3 lange Porzellanteller für Fisch, 3 Kristalluntertassen, 2 Tortenteller, 1 eingerahmte viereckige gläserne Untertasse, 1 gläserner Aschenbecher, 3 Glasbehälter für Obst, 1 Kerzenhalter, 1 Kristallbehälter mit Deckel für Zucker, 1 Brotkorb mit Serviette, 1 Saucenschale, 2 kleine Porzellanteller, 3 Kaffeebecher aus Porzellan, 1 Untertasse mit 4 verbundenen Tellern, in denen sich kleine Flaschen verschiedener Größen befinden, 3 kleine Porzellankannen, 1 kleiner Korb aus Blech mit Einlagen, 1 türkisches Zubehör für schwarzen Kaffee

2. 1 Vitrine ohne Glas mit 6 Unterteilungen, in der sich folgende Gegenstände befinden: 2 Glasvasen, 1 runder Behälter aus Holz mit Deckel, 1 Glasflasche, 1 kleine rosa Vase, 1 kleine Schale mit einem Porzellanteller, 1 Aschenbecher, 2 Porzellanfiguren – Bub und Mädchen, 8 verschiedene gehäkelte kleine Tischdecken, 1 Flasche mit schwarzem Kaffee, 1 Kaffeemühle, 1 ovaler Kristallbehälter, 1 gläserner Teller für Kuchen, 1 Aschenbecher aus Blech, 1 kleine Glasschüssel für Kompott, 1 weiße kleine Vase, 5 Glasstamperl für Schnaps, 1 kleine Glasschüssel, 40 verschiedene Gläser, 1 gläserne Likörgarnitur in dunkler Farbe, 23 verschiedene Porzellanteller, 1 polierte Holzkiste, 1 Kiste mit allen Schachfiguren, 1 Spiel *Mensch ärgere dich nicht*, 11 silberne Kaffeelöffel, 12 silberne Gabeln, 8 silberne kleine Gabeln für Kuchen, 1 Gabel und Messer, 1 Schöpfkelle, 1 Kiste mit einem Dominospiel, 4 verschiedene silberne Löffel, 1 Löffel für Kuchen, 4 verschiedene Messer, 1 Schnalle für Servietten und eine kleine Gabel

und eine kleine Schöpfkelle – alles aus Silber, 15 verschiedene Messer und 1 Holzlöffel, 1 Schachtel mit Kakao, 1 Schachtel russischer Tee, 1 Blechbox mit Kakao, 1 Schachtel mit UNRRA-Paketen, 1 Schnapsflasche, 1 Schachtel Kakao, 1 Schachtel Vitago, 0,5 kg Kekse, 0,25 ungemahlener Kaffee, 1 Paket Kaffee, 1 Schachtel Suppenpulver, 1 Paket Salz, 1 Schachtel mit 0,25 kg Mira-Kaffee, 1 Säckchen Kakao, 1 Blechbox mit Kaffee, 10 dag Zucker, 1 kg Kakao, 1 Flasche Kakao, 1 Schachtel Mira, 1 mittelgroße Blechbox, 1 vergoldete Blechbox, die innen ein grünes Plüschfutter hat und in der sich verschiedene goldene und silberne Gegenstände befinden, und zwar: 1 Taschenuhr der Marke Doksa [Doxa] mit einem silbernen Anhänger, 1 goldene Damenuhr, 1 goldene Herrenuhr mit Armband der Marke Omega, 3 kleine goldene Armbanduhren, 2 goldene Armbänder, 1 goldene Schnalle mit weißen Steinchen, 1 kleine goldene Damenuhr mit rotem Armband, 2 lange goldene Ketten, 1 goldenes Kettchen für die Uhr, 1 goldener Anhänger für eine Taschenuhr, 1 wertloses abgetragenes Armband, 1 goldenes Armband mit 5 verschiedenen Anhängern, 1 kleiner goldener Anhänger, 1 goldene Schnalle mit grünem Steinchen, 1 goldener Gegenstand, 4 verschiedene Ringe, 4 verschiedene Broschen, 1 normale Perlenkette, 1 silberner Bilderrahmen, 1 Perle mit 3 Ketten, 1 Armbanduhr der Marke Movado, 1 silberne Lupe, 2 kleine Tischuhren in Lederboxen, 1 silberne Box, 300 jugoslawische Dinar in Silber, 1 goldenes Brillengestell, 2 Ohrringe
3. 1 braune polierte Vitrine mit verschiedenen Unterteilungen, in der sich folgende Gegenstände befinden: 1 Ständer mit Bild, 2 bunte Vasen, 1 Behälter für Parfum, 2 Schachteln mit Zahnpasta, 1 Rasierzubehör, 1 Trichter, 1 kleines Fernglas, 1 kaputte Uhr, 1 Motorradbrille, 1 kleine Blumenvase, 1 Thermosflasche, 1 Schachtel mit verschiedenen Radioteilen, 1 Schachtel mit UNRRA-Paketen, 1 Glasbehälter, 1 Flasche einer Medizin, 1 Schachtel mit Schlössern, 1 Ta-

schenlampe, 1 Ständer, 1 Rasiermesser, 1 Radierer, 1 Schachtel mit Rasierzubehör, 1 Seife, 1 Stecker, 1 Aschenbecher, 1 Schachtel mit Zirkeln, 1 elektrische Lampe mit Kabel, 6 Aschenbecher, 1 Schachtel mit Maßbändern, 3 Glasaschenbecher, 1 große Schachtel mit Zirkeln, 1 elektrische kleine Lampe mit drei Lichtern, 1 kleines Schachspiel, 1 Schachtel mit verschiedenen Knöpfen, 1 Schachtel für Kalender, 1 Kautschukschachtel mit Knöpfen für Hemden, 1 Holzmetermaß, 1 Spiegel, 1 silberne Puderdose, 1 Schachtel Barney, 1 Schachtel mit Zeichenzubehör, 1 Bürste für Anzüge, 1 Holzschachtel mit verschiedenen Unterteilungen und einem Spiegel, 1 normale Taschenlampe, 1 silberne Dose, 1 Holzkelch, 1 Lederschachtel mit einer Flasche Parfum, 1 Flasche mit Insektenbekämpfungsmittel, 1 Glühbirne, 1 hellfarbener hölzerner Bilderrahmen, 1 Schachtel mit Zubehör zum Zähneputzen, 1 große silberne Untertasse, 10 kg Zucker, 1 elektrischer Massageapparat, 1 Schachtel mit verschiedenem Elektrozubehör, 1 Tischtennisnetz, 30/60 cm braunes Leder, 1 Kappe, 4 Meter bunte Seide für Damenkleider, Material für Matratzen, 1 gewebter Korb mit verschiedenen Schnüren, 1 Meter schwarzer Seidenstoff, 1 Sackerl mit Bürste, 2 kg Zucker, 1 Schachtel *Höhensonne* zum Bräunen, 1 kg Nudeln, 10 kg Zucker, 1 Schachtel Kakao, 10 dag Kaffee, 1 Schachtel Zichorienkaffee, 1 Schachtel Erbsen, 2 kg Würfelzucker, 1 Schachtel UNRRA-Pakete, verschiedene Bücher, 1 blauer Vorhang, 1 elektrisches Zubehör zum Nähen
4. 1 Holzkasten, braun, poliert, mit verschiedenen Unterteilungen, in denen sich folgende Gegenstände befinden: 4 Brillen in Schachteln, 3 Schachteln Gummisohlen, 1 Silberkassette mit 7 Broschen, 1 silberner Kaffeelöffel, 1 Hazard-Spiel, 2 gehäkelte Tischdecken, 1 Kassette für Tabak, 1 alter brauner Ledermantel, 1 elektrischer Apparat mit Schnüren, 1 altes weißes Hemd, 1 kurzer Hausmantel für Herren, 1 normaler Teppich, 2 blaue Tücher, 1 Rucksack, 1 zerrissener

Stoffmantel, 10 Kerzen, 1 Pyjama, 1 Unterhose, 1 Hemd, 1 Sack mit verschiedenen Tüchern

5. 1 Holzkasten, braun, poliert, mit verschiedenen Schubladen, in denen sich folgende Gegenstände befinden: 1 bunte Tischdecke, 3 Handarbeiten, 10 verschiedene Handarbeiten, 1 handgemachter Kissenüberzug, 1 elektrisches Bügeleisen, 4 Barometer, 1 Kompass, 2 runde Barometer, 1 Aschenbecher mit Deckel und 1 rotem Hund darauf, 1 braune Damentasche aus Leder, 1 rote Tasche mit verschiedenen Papieren, 1 Gehstock, 1 Rakete, 1 Herrenregenschirm, verschiedenes Zubehör zum Photographieren

6. Ein kleiner Tisch für ein Radio

7. Radioapparat Minerva mit Überzieher

8. 1 Wandluster mit zwei Glühbirnen

9. 1 Deckenluster in Form einer Kugel

10. 1 Tischbedeckung aus Linoleum

11. 1 gläserne Vase, weiß

12. 1 Untertasse mit einem gehäkelten kleinen Tischtuch

13. 1 brauner polierter Tisch mit 4 Schubladen, in denen sich folgende Gegenstände befinden: 1 Kartenspiel, 3 Bürsten, 1 gelbe Untertasse, 3 Messer, 1 Schere zum Walnussknacken, 1 Bieröffner, 2 kleine Behälter für Paprika und Salz, verschiedenes Werkzeug

14. 4 tapezierte Stühle in Form eines Couchsessels

15. 1 Couch mit 5 getrennten Polstern

16. 2 kleine Kissen

17. 3 eingerahmte Photos

18. 1 Holzschachtel

19. 1 Portrait einer alten Frau mit einem breiten vergoldeten Rahmen

20. 3 große Teppiche

21. 2 Teppiche für Stühle

22. 3 kleine Teppiche für eine Couch

23. 1 handgemachtes rundes Kissen

BADEZIMMER

1. 46 verschiedene UNRRA-Konserven
2. 10 kg Milchpulver
3. 1 Paar Ski mit Stöcken
4. 4 Taschentücher
5. 1 Schürze
6. 1 Unterhose
7. 1 Kissenüberzug
8. 1 größere Serviette
9. 1 altes Handtuch
10. 2 Frottierhandtücher
11. 2 Schals
12. 1 Paar bunte Socken
13. 1 Schachtel mit Schuhputzbürsten
14. 4 Paar alter ausgetragener Schuhe
15. 1 Vorhang am Fenster
16. verschiedenes Kosmetikzubehör
17. 1 größerer Koffer
18. 1 Sessel
19. 1 Waschmaschine
20. 1 runder Spiegel
21. 1 Topf
22. 1 Wandlampe
23. 6 alte Tücher
24. 1 Bettüberzug
25. 1 BH
26. 10 Paar Socken
27. 1 BH
28. 1 kleiner Kopfkissenbezug
29. 1 Herrenunterhose
30. 6 Taschentücher
31. 1 Damenunterhose
32. 1 Overall
33. 1 Pyjama

34. 2 Hemden
35. 4 Handarbeiten
36. 4 Hauskleider
37. 1 Schürze
38. 5 Handtücher
39. 1 Waschschüssel
40. 1 Bademantel

VORZIMMER
1. 2 Teppiche
2. 1 kleiner Schrank
3. 1 Spiegel
4. 1 Kleideraufhänger
5. 1 Schreibmaschine der Marke Olivetti

SPEISEKAMMER
1. Verschiedenes Essen in unbekannter Anzahl

BALKON
1. Einige leere Kisten

KÜCHE
1. 1 alter Schrank
2. 1 Tisch
3. 2 Stühle
4. 1 gasbetriebene Herdplatte

Fertiggestellt! S. F. – S. N. (Tod dem Faschismus, Freiheit dem Volk), Zagreb, 24. Juni 1948; im Namen der Staatssicherheit UDBA für Kroatien: (Unterschrift) Filipović Tugomil, (Unterschrift) Crnić Andrija; im Namen der/des GNO: (Unterschrift) Jelinek Andjelka

Vielleicht denken Sie sich ja jetzt, na gut, so viele Dinge habe ich wahrscheinlich auch in meinem Haushalt. Das könnte stimmen und wäre heute nicht so ungewöhnlich. Damals aber las sich das wie der Hausrat des zweitreichsten Mannes auf dem Balkan. In Zagreb 1948 mehr als eine Garnitur zum Wechseln zu haben, galt schon als Luxus. Als Flüchtling und geduldeter Österreicher, Mitglied der *Narodna Fronta Hrvatske* – der »Kroatischen Volksfront«, einer Massenbewegung im Vorfeld der elitären KP –, als Jude, da ging das alles nicht. Alle mit unserem Prozess befassten Polizisten, Richter, Staatsanwälte und Gerichtsschreiber fühlten sich natürlich in ihren schönsten Vorurteilen gegen Juden bestätigt.

Das ist mein Ausweis der Kroatischen Volksfront. Ich bin nur bis Juni 1948 dazu gekommen, die Mitgliedsmarken zu kleben. Irgendwann, etwa zwanzig Jahre nach meinem Tod, sagt der Historiker, hat jemand diesen Ausweis zusammen mit ein paar privaten Briefen von mir im Stadtarchiv Innsbruck kommentarlos auf dem Tisch einer Mitarbeiterin, die gerade auf Mittagspause war, liegen gelassen.

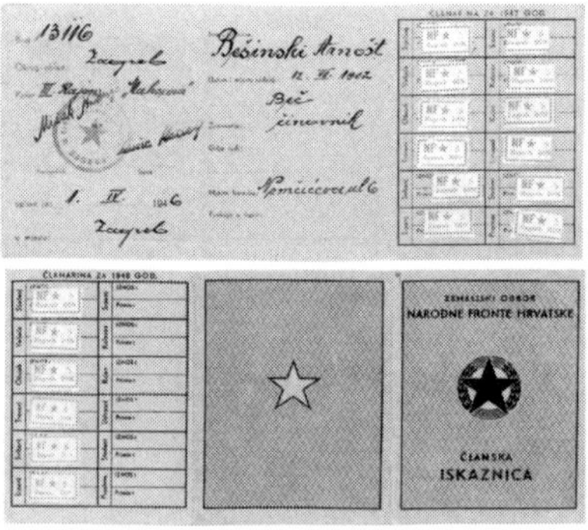

In den nächsten Wochen bekam ich eine Vorstellung davon, was ein gut überwachter Bürger alles an Fehlern machen kann. Um mich sicher hinter Schloss und Riegel zu bringen, fuhr die Staatsanwaltschaft im Prozess schließlich mit sechs Punkten gegen mich auf. Was mir vorgeworfen wurde?

1. Frau Herrmann
2. Mein Geschäftsmodell
3. Meine Geschäftspartner
4. Mein loses Mundwerk
5. Mein Pragmatismus
6. Meine Verfolgung in Österreich

Das klingt nach einer soliden Anklage, und es war einfach nicht möglich, alles zu bestreiten. Und: Alles, was nicht an mir picken bleiben würde, würden sie Ilse anlasten. Sollte ich also die ganze Schuld auf mich nehmen? Würde ein eben noch verfolgter Jude weniger Strafe ausfassen als eine Österreicherin?

Wir waren völlig auf uns gestellt. Es gab einen Anwalt, der aber zuerst mit den Richtern redete und dann erst mit uns. Jugoslawien 1948 war ein kompliziertes Terrain geworden, jede falsche Handlung hätte auch unseren Anwalt ins Gefängnis bringen können; also riskierte er lieber gleich nichts, ich kann es ihm nicht übelnehmen. Sein Rat war: alles zugeben, was sie haben, sonst den Dummen spielen, schlecht Serbokroatisch reden, nur keine zusätzlichen Geschichten aufs Tapet bringen. Daran habe ich mich weitgehend gehalten.

Der Historiker hat auch noch die Prozessprotokolle gefunden, und hier möchte ich wirklich eine Lanze für das staatliche Vergessen brechen. Wieso wird so etwas aufbehalten? Das ist fast siebzig Jahre her!

Ich bin nicht sicher, ob mich die Geschichte freisprechen wird, aber ich finde, wir sind völlig zu Unrecht ins Gefängnis gekommen. In der Frau-des-Gestapovac-Herrmann-Anklage gaben wir alles zu und blieben dabei, dass wir nicht wussten, wer sie war. Ich sehe das heute noch so, und der Historiker hat mir nicht beweisen können, dass es anders war. Den Rest gehe ich gerne kurz mit Ihnen durch:

Da war einmal mein Geschäftsmodell, das eine ganz einfache und leicht erklärbare Form des Import-Export-Wirtschaftsprinzips war, mit Schwerpunkt auf Import. Nichts anderes habe ich jahrzehntelang in Wien gemacht, damals mit Lebensmitteln, jetzt halt mit gehobenerem Sortiment.

Kurz nach dem Krieg erfuhr ich, dass es Willy Geber nach Amerika geschafft hatte. Zu dieser Zeit konnte man in Los Angeles alles, in Zagreb aber nur sehr wenige Dinge des täglichen Bedarfs in den Geschäften kaufen. Dazu gehörten so einfache Sachen wie gute Zigaretten, haltbare Nylonstrümpfe oder belastbare Rasierklingen. Der Markt dafür schuf sich, wie das bei der Marktwirtschaft so ist, von selbst. Willy Geber hatte in Kalifornien nicht viel Geld übrig, aber der Wert seiner Sendungen betrug hier ein Vielfaches des dortigen Preises. Ich dachte zunächst an Zigaretten, aber an Zigaretten dachten auch alle Postzusteller, sobald sie ein Paket aus Amerika erspähten, und bei mir kam dann bestenfalls ein Bruchteil an. Die Nachkriegszeit war aber auch die schöne neue Welt der Hilfspakete. Diese konnten zu fast keinem Porto rund um die Erde gesendet werden, oder die UNRRA übernahm gleich die ganze Fracht und die Zollformalitäten. Weil sich das mit den Zigaretten nicht bewährt hatte, entwickelte ich ein besseres Modell. Schon bald schickte Willy Geber seine Zigaretten nicht mehr zu mir, sondern zu meiner Schwester Anni nach Paris. Anni war hübsch und klug und hatte keine Probleme, amerikanische Tabakwaren an die Franzosen zu verkaufen. Für das Geld kaufte sie mir dann Dinge, die es wirklich nirgends auf der Welt in erlesenerer Qualität gab als in Paris: Parfum! Dieses steckte sie dann in UNRRA-Pakete und schickte sie nach Zagreb. Jede einzelne Flasche ist angekommen. Parfum hatte noch einen zweiten Vorteil: Es überstand die Reise gut und blieb noch auf Jahre wie neu. Bald kamen die ersten Bestellungen meiner Kundinnen hinzu: Nylonstrümpfe, für die Herren Rasierklingen aus nichtsowjetischer Produktion. Die Kundinnen hatten meistens wenig Geld, also nahm ich auch Uhren, gute Pelze und Fremdwährungen in Zahlung. Zur Wahrung des Anscheins trug ich hin und wieder etwas zum Gebrauchtwarenhändler Krizman in der Vlaška Ulica, der Einfallsstraße Richtung Zentrum.

Als Nächstes wurden mir im Prozess meine Geschäftspartner zum Vorwurf gemacht; weniger meine Schwester im Ausland, aber meine Kollegen hier in der Gegend. Zum Glück hatten sich Gustav Graf, Walter Svećenski und noch einige andere schon Richtung Wien, Südamerika oder Palästina weiterbegeben; die Hälfte meines Warenlagers als ihre Leihware unter meinem Dach auszugeben, fiel mir leicht.

Schwerwiegender und wahrscheinlich gefährlicher als alles andere waren meine Vertrauensseligkeit und mein loses Mundwerk. Da zog der Polizist beim Verhör doch einen über ein Jahr alten Brief eines Bauern aus Hvar namens Šandor Varadi aus der Tasche, dem ich bei der Überfahrt von Split angeblich die Missstände der hiesigen Planwirtschaft erklärt hatte. Konnte gut sein, dass ich das alles gesagt hatte, weil die Rationierung von Brot auf teilweise fünfzehn Deka pro Person und das überhaupt nicht funktionierende Zwangsabgabensystem für Bauern (und vom Einkauf bei Bauern, da verstehe ich wirklich etwas) sicher für niemanden etwas Neues waren. Er hatte es für notwendig befunden, mich anzuschwärzen. Vielleicht war auch irgendwo ein Zuhörer gesessen, ich konnte das nicht mehr herausfinden. Seit sich das Verhältnis von Tito und Stalin abgekühlt hatte, war hier jeder Gourmet-Kritiker sofort ein Konterrevolutionär.

Seit ich mich erinnern konnte, wollten Grenzbeamte immer etwas für die Übertrittsgenehmigung haben. Weil ich pragmatischerweise angenommen hatte, dass der Beamte Ivan Weber an der Grenze 2000 Dinar brauchen könnte und ich dann leichter mit meinen

Zigaretten nach Österreich einreisen würde können, gab ich sie ihm. Jetzt behauptete ich, im Auftrag von Gustav Graf, aber wer sollte das überprüfen. Besagtem Graf ordnete ich dann auch gleich noch alle meine Devisenreserven (25 Dollar, 20 österreichische Schilling, 250 tschechische Kronen und 140 ungarische Forint) zu. Blöderweise hatte man einmal 50 Dollar auf dem Weg nach Wien hinten auf einem Photo in einem Bilderrahmen entdeckt, die waren wie das ganze andere gesparte Geld natürlich konfisziert und für immer verloren.

Der letzte Punkt der Anklage war kleinlich. Um etwas einfacher gelegentlich nach Österreich einreisen zu können, hatte ich mir ein paar Bestätigungen eines Wiener Amtsgerichtes besorgt, mit denen ich mich dann zu erfundenen Verhandlungsterminen nach Wien vorgeladen hatte; dabei ging es angeblich um den uns entzogenen Besitz. Gut, wir hatten alles verloren, aber wegen der entzogenen Reichtümer hätten wir nicht nach Wien zurückfahren müssen.

Wir machten – was keine Kunst war – einen zerknirschten Eindruck, und das Gericht sah, dass wir Angst hatten. Trotzdem bekam Ilse sechs Monate und ich achtzehn Monate Zwangsarbeit. Das Urteil vom 17. September 1948 schickte mich aufgrund der politischen Natur meiner Vergehen in die Festung von Stara Gradiška, was wirklich der schlechteste Witz des zwanzigsten Jahrhunderts war: Dort saßen zu der Zeit, drei Jahre nach dem Zweiten Weltkrieg, viele nationalistische Priester aus der Gefolgschaft von Erzbischof Stepinac, die nicht rechtzeitig nach Südamerika geflohen waren; der Großteil der politischen Häftlinge waren aber Ustascha-Funktionäre, also genau die Leute, die von 1941 bis 1945 alle Juden Kroatiens umbringen wollten. Stara Gradiška war seit 1800 ein Gefängnis; die Ustascha hatten hier im berüchtigtsten Außenlager von Jasenovac bevorzugt serbische und jüdische Frauen und Kinder ermordet. Das muss man erst zusammenbringen: sich 1948 in Jugoslawien wegen der Ehefrau eines Nazis in ein KZ einsperren zu lassen. Zu allem Überfluss war der Staatsanwalt mit dem Strafmaß nicht zufrieden, und die nächste Gerichts-Instanz machte aus achtzehn Monaten gleich zweieinhalb Jahre.

Man kann das Gefängnis von Stara Gradiška heute noch besichtigen. Es liegt wie Jasenovac an der Save, die nichts dafür kann und sich heute wie damals lieblich durch die Ebene der Posavina schlängelt. In direktem Zusammenhang mit dem Wasserreichtum der Gegend stand die gefürchtete Folterzelle im Keller meines Traktes: Dort stieg und fiel mit dem Fluss auch der Wasserstand im Raum und man stand tagelang im kalten Flusswasser, das sich nie erwärmte und doch nach wenigen Stunden nach allem, was menschlich ist, stank.

Ilse wurden die Zeiten der Untersuchungshaft angerechnet und sie konnte Ende 1948 nach Österreich zurückkehren. Sie wäre in ihrer berechtigten Sorge um mich wahrscheinlich sogar in der Nähe geblieben, aber ein Teil des Urteilsspruches verbot uns für fünf Jahre nach der Freilassung und Ausweisung, Jugoslawien wieder zu betreten. Ich schämte mich, meine Retterin so vor ihre Familie hintreten zu lassen. Unser gesamter Besitz war konfisziert, wir hatten nur mehr das, was wir am Leibe trugen. In der Tiroler Familienerinnerung brachte Ilse »die Flöhe mit ins Haus«, was vermutlich stimmte. Das war natürlich die Stunde aller in der Familie, die immer schon genau gewusst hatten, dass die Geschichte mit einem Juden als Ehemann schlimm ausgehen würde.

Ilse unternahm alles, was sie konnte, um mich zu unterstützen. Sie schickte mir, sobald sie zu Hause war, Lebensmittelpakete an meine neue Adresse: Zatvor Stara Gradiška, Zelle Nummer 17. Diese waren natürlich eine gute, weil erlaubte Hilfe, und vom Verkauf von Lebensmitteln verstand ich, wie Sie wissen, wirklich etwas. Natürlich musste man die einflussreichen Personen im Trakt und im Zimmer mit Geschenken bei Laune halten. Niemand besaß etwas, alles wurde gegengerechnet. Das funktionierte in Stara Gradiška an der Save 1950 ähnlich wie auf dem Marktplatz von Sanok am San 1910.

Ich war nicht der Liebling der Wärter, sie sahen in mir einen verwöhnten Bourgeois, der für die harte Arbeit im Sägewerk kaum

zu verwenden war. Ich war Ende vierzig, wog bald nur mehr sechzig Kilo und fühlte mich wie achtzig. Ich war Forstarbeiter im Dienste Titos, um dafür zu büßen, dass mir die Beherbergung der Frau Herrmann passiert war.

Die Sozialistische Föderative Republik Jugoslawien hatte keinen besonderen Grund, die Staatsgründung Israels im Mai 1948 zu bejubeln. Die Tito-Partisanen trugen keine Mitschuld am Holocaust, jetzt sahen die kommunistischen Kader, dass gut ausgebildete Leute wegzogen, und förderten die Auswanderung nicht. Wollte ein jugoslawischer Jude nach Israel gehen, wurde ihm sein Besitz bis auf ein paar Groschen abgenommen. Da nach 1945 den aus den Lagern, den Wäldern, den Kellern und Dachböden zurückgekehrten Juden Jugoslawiens ohnehin fast nichts geblieben war, machten viele *Aliyah*, was auf hebräisch, so viel verstehe ich, *Aufstieg* heißt.

Ich war an Palästina so wenig interessiert wie schon in den Zwanzigerjahren, aber kurz nach unserer Verurteilung erfuhren wir, dass es eine pragmatische Sonderregelung für auswanderungswillige Juden gab: Hatte man nur ein kleineres Vergehen begangen und eine Schiffskarte nach Haifa vorzuweisen, wurde man vom Staat Jugoslawien – unter der Bedingung, bestimmt auf das Schiff zu gehen – früher entlassen. Das ergibt Sinn: Jugoslawien ersparte sich die Kosten für die Haft, und die kleinkriminellen Zeitgenossen war man auch gleich los. Also machten sich bald alle unschuldig inhaftierten jüdischen Ganoven des Balkans daran, ihren Umzug in die Gesellschaft des neuen Staates Israel zu planen.

Ich fuhr also doch noch auf einem Dampfer namens *Artza* nach Eretz Israel – wie Peiper und Geber 1925 auf der *Helouan* und Bechinsky 1930 auf der *Adria*. Ich habe eine Liste der Passagiere dieses Schiffes; der bekannteste unter ihnen war David Alkalaj, der Präsident der Israelitischen Kultusgemeinde von Belgrad. Ein Jahr zuvor hatte Ilse ihm einen dreiseitigen Brief geschrieben und ihn gebeten, mich nach Israel mitzunehmen. Darin erwähnte sie, sie habe vor, mir später zu folgen – dazu ist es aber nicht gekommen.

- 1 -

SPISAK ISELJENIKA ZA IZRAEL - 12-III-1950

Redni broj	Prezime i ime	Mesto	Redni broj pasavana	broj pasavana i potvrde iz zbirnoga spiska
47	BEŠINSKI Ernst		3	50/9/Ia ik

Wenn man, erzählt mir der Historiker, die Liste der Auswanderer auf unserem Schiff mit den Mitteln der modernen Biographieforschung näher betrachtet, scheint sich unter den jugoslawischen Juden die Freude auf Israel in Grenzen gehalten zu haben. Oder sie wurden, so wie ich, vor Ort schnell desillusioniert. Vielleicht war es für viele die einfachste Art, auf Kosten einer *Agency* aus dem Tito-Staat herauszukommen und dabei noch eine Mittelmeer-Kreuzfahrt zu unternehmen.

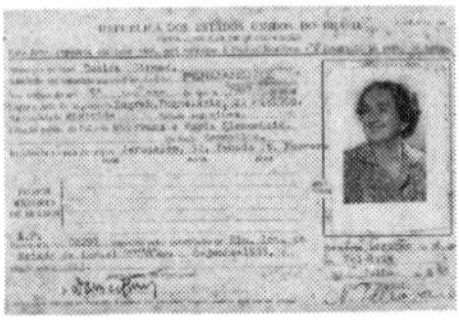

Sehr viele der Passagiere der *Artza* wanderten schon in den nächsten Jahren nach Brasilien weiter, was nicht ganz so viele Möglichkeiten versprach wie die Vereinigten Staaten, aber die Oberschicht dort suchte offenbar noch hellhäutige Einwanderer. Unter ihnen war auch der liebe Svećenski, dem ich im Prozess meine halben Sünden angedichtet hatte.

Haifa, 19. März 1950: Die Bürokratie der israelischen Einwanderungsbehörde nahm sich meiner an, und zu meiner Erleichterung war man hier mit den vielen tausend Neuankömmlingen organisatorisch völlig überfordert. So interessierte sich niemand im Geringsten dafür, dass da jetzt nach 1930 ein zweiter Ernst Beschinsky, geboren am 12. Juli 1902 in Wien, einwanderte.

Ich war mit niedrigen Erwartungen gekommen, und diese wurde hier noch unterboten. Alles, was mir Geber und Peiper vor dem Krieg über Palästina erzählt hatten, stimmte bis ins letzte Detail. Nur dass jetzt nicht mehr die Engländer an dem Schlamassel Schuld waren, sondern ... wer genau? Egal, die Deutschen, die UNO, die Amerikaner, die Russen, die Araber sowieso. Für mich hätte man kein unpassenderes Land erschaffen können: heiß, voller Mikroben und ohne ordentliche Marktwirtschaft. Die Umgangsformen erschütterten mich. Alles was in Wien, Krakau und Zagreb als galant galt, wurde hier verlacht. Ich glaube, der österreichische Gesandte Hartl, bei dem ich einmal mit meinen Sorgen vorsprach, war der einzige höfliche Mensch, dem ich hier begegnete.

Ich hatte keinen Groschen Geld, war direkt aus einer zweijährigen Haft auf das Schiff gekommen, und fühlte mich doch nie so unfrei wie hier. Natürlich konnte man sich ein paar österreichische Ecken suchen, aber in diesen Cafés saß niemand aus der Leopoldstadt, sondern die Wiener Juden aus den guten Bezirken, die uns schon 1915 nicht willkommen geheißen hatten. Die Leute, die ich kannte, waren entweder von den Nazis umgebracht worden oder hatten sich mittlerweile nach Amerika durchgeschlagen. Ich glaube, es war der levantinische Sozialismus, der mich am meisten störte: Wie konnte man hier etwas kaufen und verkaufen? Die gesamte Lebensmittelbranche war durchreglementiert. Die handelnden Personen waren entweder ideologisch geblendete steinzeitkommunistische Kibbutzniks oder staatliche Ernährungs-Stellen, die in ihrer bürokratischen Wut sowohl dem osmanischen Reich als auch den Habsburgern zur Ehre gereicht hätten. Buchstäblich jedes saure Zuckerl ging über eine Lebensmittelkarte. Ich wohnte zum ersten Mal in meinem Leben in einem Zelt! Das war zu viel für mich.

Meine Familie wollte natürlich wissen, ob ich in Israel den anderen Ernst Bechinsky traf. Seine Familie bestreitet das bis heute. Er hat ihnen allerdings so gut wie keine Bilder und Geschichten aus Wien und keinen einzigen Brief von oder nach Österreich hinterlassen. Ernst Bechinsky arbeitete im Finanzministerium und hatte als kühler Kopf, guter Rechner und alter Freund beschlossen, meine Verwandlung im Rahmen seiner Möglichkeiten zu decken. Ich bin ihm für immer zu Dank verpflichtet. Ob er da ganz von selbst drauf gekommen ist? Jeder kann glauben, was er will.

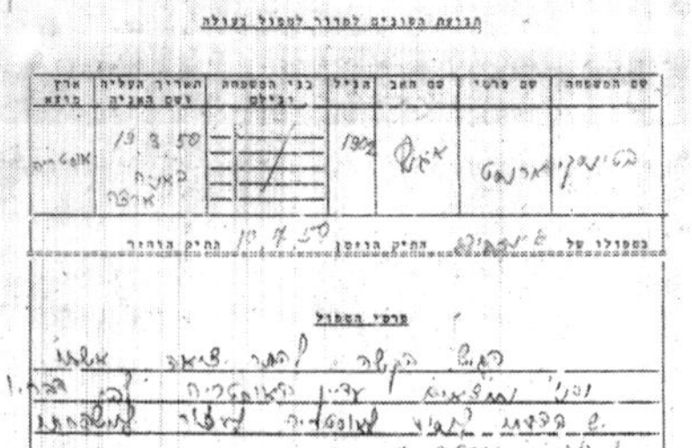

ארץ מוצא	תאריך העליה ושם האניה	בני המשפחה וגילם	הגיל	שם האב	שם פרטי	שם המשפחה
[illegible]	19 3 50 באניה [illegible]		1902	[illegible]	[illegible]	[illegible]

פרטי הטפול

Vielleicht weil so viele Neueinwanderer schnell wieder aus Israel weg wollten: Die Abreise wurde einem schwerer gemacht als die Einwanderung. Ich hätte mich ja auch freuen können: Zum ersten Mal in meinem Leben wollte ein Staat, dass ich bleibe. Aber ich konnte nicht; ich stellte mich vor den Einwanderungsbeamten hin und erklärte, ich müsse nach Österreich zurück, um mich um meine Familie zu kümmern. Die mir in Rechnung gestellten Kosten für die Anreise und den Starterbonus würde ich später bezahlen. Meine Ankündigung, dafür bald mit Frau und Kind zurückzukehren, versah der Beamte nicht ganz zu Unrecht mit einem Fragezeichen.

Zehn

Szenenwechsel in die Recheisallee Nummer 6, Hall in Tirol. Laut Meldezettel bin ich im Dezember 1950, neun Monate nach meiner kurzen Auswanderung nach Israel, hier eingetroffen; der Kanzlist sieht mich prüfend an wie alle Beamten der letzten Jahre, die sich einbilden, einen Juden auf hundert Meter zu erkennen, und fragt nach meiner Religionszugehörigkeit. Ich antworte *ohne Bekenntnis*. Diese Angabe hätte meinem Großvater David Elimelech, der seit 1915 in der Sektion der aller-heiligsten Rabbiner auf dem orthodoxen

Friedhof von Bratislava liegt, wahrscheinlich das Herz gebrochen. Aber die letzten Jahre haben mich vom vergnügten Schlemihl aus der Leopoldstadt, dem Religion samstags ein gutes Mittagessen bedeutete und sonst nicht viel, zu einem grauen, alten Mann gemacht, der nicht mehr an einen jüdischen Gott glauben will; auch nicht an den orthodoxen der Ukrainer und der Serben, an den katholischen der Polen, Böhmen, Wiener und Kroaten, und schon gar nicht an den protestantischen der Deutschen, Schweizer, Amerikaner und der Familie Focke.

Ich sitze also bei meinen neuen Schwiegereltern beim Mittagessen. Ich bin Ende vierzig, sie Mitte siebzig. Die Einzige, die sich wirklich über meine Rückkehr freut, ist die liebe Ilse. Ihre Mutter Alice Focke wird später zu ihren Verwandten sagen, sie hätten wegen meiner Schiffsreise nach Palästina kurz gehofft, sie seien mich jetzt doch noch losgeworden. Vater Emil Focke ist nach seinem neuen staatsbürgerlichen Bekenntnis derzeit österreichischer Demokrat und sitzt am Kopfende des Tisches, mir gegenüber. Auch er betet nicht mehr vor dem Essen. Die Stimmung ist so ausgelassen wie am Mittagstisch der Pastorenfamilie in Michael Hanekes Film *Das weiße Band*. Vater Focke bekommt als Erster einen Knödel aus der Suppe, in die Mutter Focke zur Feier des Tages ein 1950 noch nicht ganz leicht erhältliches Stück Fleisch hineingeschnitten hat. Ich werde mich jedes Mal darüber freuen; Speck hat noch keinen Juden umgebracht, und ich kann ja nicht fürs Mittagessen beim Schochet ein Pastrami besorgen. Die Suppe wird wortlos gelöffelt; Ilse strahlt mich an, die anderen wissen nicht recht, wohin mit ihren Mienen. Zur Nachspeise gibt es Kaiserschmarren, die letzte altösterreichische Genussformel in Zeiten der Sprachlosigkeit. Die Gesichter erhellen sich etwas; Ilse gibt mir zwei Löffel Zucker in den Zichorienkaffee, als wären wir beim Demel am Kohlmarkt. Der Vater sagt: »Die Tafel ist aufgehoben«, und bietet mir eine A3 an; ich lehne dankend ab. Ich bin in Österreich, sitze mit meiner neuen Familie zusammen und denke mir: Ich bin seit zwölf Jahren zum ersten Mal in Sicherheit.

Kennen Sie jemanden, der sich seine Schwiegereltern aussuchen konnte? Na eben. Meine Schwestern und meine Mutter ließen mich gelegentlich spüren, wo ich da jetzt meine Zelte aufgeschlagen hatte. Im mittelalterlichen Dorf Hall, das schon seit 1303 das Stadtrecht besitzt, war ich als Wiener von vorneherein nicht besonders gut angeschrieben. Ich ging in die Stadtapotheke und stellte mich Ilses erstem Gatten vor. Einen Pharmazeuten konnte man immer brauchen, wenn man eine derart angegriffene Gesundheit hatte wie ich. Sobald ich mich entfernte, flüsterten sich die Bekannten des Apothekers und die Bekannten des Meldebeamten Informationen zu: Ja genau, das ist der jüdische Mann der Ilse Focke. Ja, man fragt sich, wie er den Krieg überleben hat können, wurden offenbar doch nicht alle umgebracht. Der Grünmandl ist ja schließlich auch eines Tages wieder aus der Reichenau zurückgekommen.

Ich hatte eine Reihe ganz anderer Probleme: Ich hatte wieder einmal keine ordentlichen Papiere, keine Familie, die mich unterstützen hätte können, und bekam keine vernünftige Arbeit. Der österreichische Staat versuchte nach 1945 so weiterzumachen wie vor 1933 und führte sein k. u. k. Gewerberecht wieder ein, in dem die Zünfte nach Belieben den Zugang zu ihren Metiers regeln können. Ich war neunundvierzig Jahre alt und hatte keine dokumentierbare Berufskarriere. Arbeit gab es genug für Burschen, die auf dem Bau schinden konnten – das kam für mich nicht in Frage. Ich brauchte einen Beruf. Ich war Ökonom. Ich war Ernst Beschinsky, der 1930, ohne eine Schule oder Lehre abgeschlossen zu haben, nach Palästina ausgewandert war. Ich musste aus dem Nachteil einen Vorteil machen, immerhin war ich jetzt Österreicher und niemand fragte mich, warum ich nicht nach Polen zurückgehen wolle. Ilse hatte ein abgeschlossenes Romanistik-Studium ohne Doktortitel und fand gleich Arbeit: Sie schrieb für die *Reuttener Textilwerke* die Auslandskorrespondenzen und traf dort viele wichtige Leute, die aber alle keine Verwendung für einen ungelernten alten Wiener Juden hatten.

In meiner Aussichtslosigkeit und auch aus alter Gewohnheit und ein wenig Neugier besuchte ich ein Büro, in dem ein paar Männer saßen, die vermutlich noch älter und sicher noch weniger gesund waren als ich. Sie versuchten, die bis 1938 existierende Kultusgemeinde von Innsbruck wiederaufzubauen, was angesichts des drastischen Geld- und eines offenkundigen gesellschaftlichen Bedeutungsmangels schon Jahre dauerte. Gut, die christlichen Tiroler hatten ein schlechtes Gewissen, dass sie die Juden alle hinausgeschmissen hatten, aber musste man jetzt wirklich, so fragten sich die Profiteure, alles wieder zurückabwickeln? Im Büro von Rudolf Brüll lagen dicke Ordner voller Korrespondenzen mit Innsbruckern, die irgendwie irgendwohin fliehen hatten können und jetzt ihren Besitz wiederhaben wollten: ihre enteigneten Wohnungen, Häuser und Geschäftslokale. Die Ariseure wähnten sich in der Regel mittlerweile als rechtmäßige Eigentümer und klammerten sich an die unbewegliche österreichische Nachkriegsjustiz, um die Enteignung der Innsbrucker Juden in die Fünfzigerjahre und vielleicht sogar darüber hinaus zu retten.

Ich lernte über die Kille – wie wir Galizier in Wien die Kultusgemeinde nannten – auch nette Leute kennen. Wie Heinz Mayer zum Beispiel. Er hatte auch alles verloren, sein Vater war in den Lagern geblieben. Heinz Mayer aber kam zurück aus Buchenwald und wollte sofort den Spieß gegen die Nazis umdrehen: Er arbeitete jeden Abend für seinen »Bund der Opfer«, tippte feurige Leserbriefe in seine Schreibmaschine, hektographierte Flugzettel und half jedem, so gut er konnte. Bei seiner Arbeit war er auch immer gut aufgelegt, und sein Humor, der bisweilen natürlich etwas tirolerisch-rustikaler daherkam, als wir Leopoldstädter das gewohnt waren, hatte etwas unglaublich Ansteckendes, und ich dachte mir: Habe ich doch noch einen witzigen Menschen getroffen nach all den Jahren. Wir blieben allerdings bis zum letzten Tag beim Sie; ich habe, wenn ich mich richtig erinnere, in Tirol in vierzig Jahren keinem einzigen Mann das Du-Wort angetragen. Stellen Sie sich vor, es hätte mich jemand »Ernst« oder gar »Ernstl« gerufen; da hätte sich die Erde unter mir geöffnet und Manek Willner wäre auf der Stelle darin versunken.

Heinz Mayer, der jeden kannte, in jedes Büro der Landesregierung hineinmarschierte mit der Gelassenheit des KZ-Überlebenden und so viele Gelegenheiten für Arbeit auftat, konnte mir beruflich auch nicht helfen. Er wusste natürlich genau, dass ich ein unbeschädigtes Dach über dem Kopf, ein warmes Bett und einen gesicherten Mittagstisch hatte. Mir ging es für einen Notfall ein wenig zu gut, aber ich wurde verrückt, weniger vom Nichtstun als vom Nichtsverdienen. Ich kannte mich selbst nicht mehr: Das, wofür ich in Wien gelebt hatte – viel Zeit haben, fesch sein, Möglichkeiten auskundschaften, Mädchen nachstellen –, machte mir hier alles keinen Spaß. Ich hatte lang genug gesessen, ich war kahl und grau, zudem verheiratet, und die Tirolerinnen, die mir gefallen hätten, waren für meinen hauptstädtischen Charme völlig unempfänglich.

Die einzige Tätigkeit, die mir blieb, war, für die französische Militärregierung durch die jüdischen Flüchtlingslager zu fahren. In den Lagern sprach man Polnisch, Russisch und Jiddisch und war eher bereit, einem alten Juden etwas von den Problemen und Projekten zu erzählen, als einem österreichischen Gendarmen oder einem französischen Verbindungsoffizier. Natürlich wollten alle nach New York und versuchten, lieber nicht auf das nächste Schiff nach Haifa zu kommen; am Ende landeten sie aber doch alle dort, weil die Amerikaner sie genauso wenig einreisen ließen wie mich. Die Arbeit in den Flüchtlingslagern deprimierte mich leider völlig, ich war gänzlich ungeeignet, die von der Jewish Agency gewünschte zionistische Zuversicht zu verbreiten. Den Franzosen berichtete ich das Notwendigste und bekam dafür ein paar Lebensmittel-Kartons, die ich, statt sie – wie es sich gehört hätte – gewinnbringend zu verkaufen, meiner Schwiegermutter hinstellte.

Meiner Ilse machte das alles nichts aus. Mit ihrem fröhlichen Naturell schwebte sie durch die karge Nachkriegszeit, als wäre nichts gewesen. Sie saß stundenlang mit ihrer Mutter in der Küche und besprach die Neuigkeiten des Tages, sie hatte sich mit ihren Eltern, ihrer Schwester und ihrem Bruder ausgesöhnt und freute sich, wenn alle zusammenwaren. Ihr Bruder Erich war hochkant aus der Handelskammer hinausgeworfen worden und musste jetzt nehmen, was er bekam. Er hatte die guten zehn Jahre seiner Biographie für die Nazis verplempert und stand jetzt als Doktor der Rechte in einem Innsbrucker Eisenwaren-Laden hinter der Theke. Wenn ich ihn sah, dachte ich immer, mich habt ihr nicht erwischt. Was sich mein Schwager wohl dachte?

Erich Fockes Name ist übrigens auf dem Innsbrucker Westfriedhof zweimal zu finden. Das stimme, sagt der Historiker, und zwar auch »neben dem QR-Code«. Das sagt mir nichts, aber anscheinend wissen Kenner der Innsbrucker Verhältnisse gleich, wo das sein muss: auf dem obszönen Verdrängungs-Erinnerungsstein der schlagenden deutschnationalen Burschenschaft Suevia, die nicht nur meinen Schwager ideologisch auf die NS-Zeit vorbereitet hat und bis heute nicht in der Lage ist, einen vernünftigen Halbsatz der Reflexion darüber zu formulieren.

Als ich, Ernst Beschinsky, der als Manek Willner bekannt dafür gewesen war, sich immer rechtzeitig etwas einfallen zu lassen, kurz davor stand, im geistigen Stillstand der allgemeinen Wiederaufbaustimmung trübsinnig zu werden, regte sich glücklicherweise doch noch mein bester Wesenszug: Mein Talent, Behörden unerschrocken und kreativ entgegenzutreten, führte mich zu einer ersten wunderbaren Begegnung mit den grandios bescheidenen österreichischen Wiedergutmachungsversuchen. Diese Maschinerie arbeitete so träge, dass neun Jahre nach dem Krieg schon mehr Nazis wieder aus den Gefängnissen entlassen waren, als Juden ihr Eigentum zurückerhalten hatten. Aber ich sah bei meinen Innsbrucker Bekannten aus der immer noch in Wiedererrichtung befindlichen Kultusgemeinde, dass mittlerweile alle außer mir erleichterten Zugang zu billigen Zigaretten und Lebensmitteln hatten. Der österreichische Staat hatte in seiner unendlichen Güte ein

Opferfürsorgegesetz geschaffen, das im Stil christlicher Almosenpolitik den Leidtragenden des Nazi-Wahnsinns ein paar Brosamen zukommen ließ. Natürlich betrachtete sich das offizielle Österreich noch bis zum letzten Tag meines Lebens als erstes Opfer des Nationalsozialismus und wäre sohin gar nicht zuständig gewesen, uns etwas Gutes zu tun. Aber weil sich hier im Abwägen zwischen Anerkennung der NS-Gräuel und Nicht-Vergraulen der minderbelasteten Wählerschaft noch ein kleiner Spielraum auftat, bekamen die alten österreichischen Juden einen Opferausweis geschenkt.

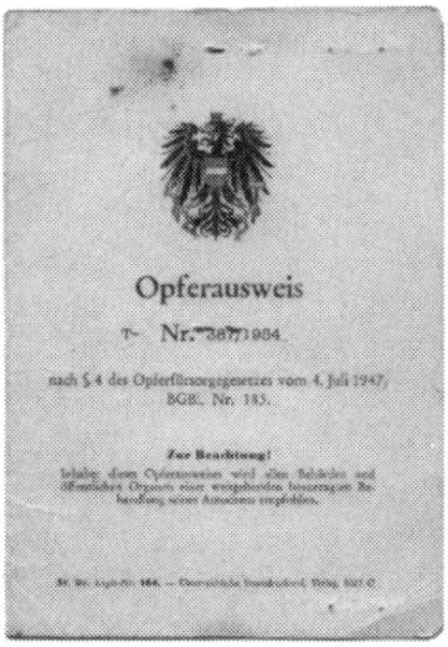

Ich fand es mein ganzes Leben lang unterhaltsam, wie viel Wert die Österreicher auf Dokumente legten, die man sich mit etwas Geschick in Friedens- wie in Kriegszeiten leicht organisieren konnte. Der Opferausweis, das war der Freifahrtschein in die dauerhafte Ausnahmeregelung. Und genau so einen brauchte ich, um nicht in Untätigkeit zu erstarren.

Um einen Opferausweis zu bekommen, musste man zunächst seine Identitätsangaben durchleuchten lassen. Nu, ich war jetzt Ernst Beschinsky, und der war niet- und nagelfest gebürtig und zuständig nach Wien. Ich hatte seine Geburtsurkunde und einen gültigen Reisepass auf diesen Namen. Was mich beunruhigte, war das lange Gedächtnis des österreichischen Polizeiapparats.

Was, wenn Ernst Bechinsky in Wien vor 1930 etwas Illegales gemacht hatte? Oder wenn die österreichischen Behörden genau wussten, wer wann nach Palästina gegangen war und dort seit zwanzig Jahre lebte? Hatte er sich wie versprochen nie von dort unten in Österreich gemeldet? Ich durfte jetzt keinen Fehler machen. Ich schlief schlecht, wie seit Stara Gradiška immer, aber ich fühlte auch, wie sich meine längst verschüttet geglaubten Talente regten: Ich war und bin Ernst Beschinsky, König des leichtesten Weges, Alptraum der Tintenburgen, Schrecken der Paragraphenmeere. Und bald schon Inhaber eines österreichischen Opferausweises.

Jetzt konnte ich doch noch ein Gewerbe anmelden, weil Paragraph sechs des Opferfürsorgegesetzes dies ausdrücklich möglich machte. Mit Standort Hall in Tirol, Recheisallee 6, eröffnete ich 1955 als Mittfünfziger meine Ein-Personen-Handelsagentur.

Bei der ersten Ausfahrt mit dem neuen Führerschein landete ich mit unserem alten Peugeot 403 im

Graben der Haller Straße. Das war relativ teuer und ich setzte mich danach nicht mehr hinters Lenkrad. Was tun als Repräsentant der renommiertesten Marken? Meine Rettung hieß, wie immer, Ilse. Ab diesem Zeitpunkt war sie die Chauffeurin der Handelsagentur Beschinsky. Sie fuhr ausgezeichnet und genoss es, mich zu den Kunden zu bringen. Die fanden das für die Sechzigerjahre etwas ungewöhnliche Gespann »Frau am Steuer, Mann am Beifahrersitz« unterhaltsam. In fast allen von Familien betriebenen Kleidergeschäften, die ich belieferte, waren die Frauen für den Einkauf zuständig; nicht wenige von ihnen beneideten Ilse um ihre Rolle als Königin der Landstraße.

Eine willkommene Begleiterscheinung meines Opferausweises war die alle paar Jahre und immer von außen an die Republik Österreich herangetragene Bitte, den Juden doch noch ein bisschen was von den in der Nazizeit gestohlenen Dingen und Geldwerten zurückzugeben. Je weiter rechts eine Regierung stand, umso eher fand sie darin ein Vehikel, es der internationalen Gemeinschaft recht zu machen und zugleich die Juden als recht habgierig und nimmersatt dastehen zu lassen. Ich war gegenüber derlei Beleidigungen schon seit 1915 nicht mehr empfindlich, für Geldgeschenke aber durchaus empfänglich. War es wieder einmal so weit, galt es, meine Geschichte bei der Tiroler Landesregierung, deren Opferausweis ich trug, plausibel vorzutragen, ohne die Vorgeschichte des Ernst Beschinsky damit unglaubwürdig oder angreifbar zu machen.

Im Jahr 1961 – das war ein spät eingelöstes Versprechen aus dem Staatsvertrag – konnte man sich eine allfällige Einkommensminderung in der NS-Zeit vergüten lassen. Nur brauchte ich dafür eine gute Begründung. In Wien würde man womöglich rasch feststellen, dass Ernst Bechinsky schon seit 1930 nicht mehr dort

gewohnt und somit auch nicht gearbeitet hatte. Also deklarierte ich eine Anstellung bei der Firma Schliegl's Nachfolger Ing. Beck in Brünn, bei der ich vierhundert Schilling im Monat verdient hätte. Die Kombination aus einer damals existierenden, irgendwie glaubwürdig klingenden deutschen Firma in Brünn, die sicher längst im kommunistischen Maschinenhunger verschwunden war, schien mir gelungen. Die Behörden konnten das mit ihren üblichen Rückfragen nicht prüfen und genehmigten mir zehntausend Schilling, was ein gutes Geld war.

Der Historiker stöhnt, als ich ihm das erzähle. Er hat ganze Tage im mährischen Staatsarchiv zugebracht, um meine Verbindung zu Beck irgendwie nachvollziehen zu können, sogar die Enkelin des tatsächlich 1945 vertriebenen Firmenbesitzers ausfindig gemacht. Ich hatte aber nur einmal in Brünn zu tun: um mir 1938 meinen Fremdenpass zu holen – den hat er ja dann auch gefunden. Ing. Eduard Beck erging es übrigens 1945 sehr schlecht; er wurde im Mai das letzte Mal lebend gesehen und nach Augenzeugenberichten wie viele andere Sudetendeutsche in den Wochen danach von den im Revanchismus rasenden Tschechen erschlagen.

Wie ich auf Eduard Beck gekommen bin? Ich habe ihn im Herbst 1931 bei einem Besuch auf Schloß Tirol bei Meran kennengelernt – wie man den Besucherbü-

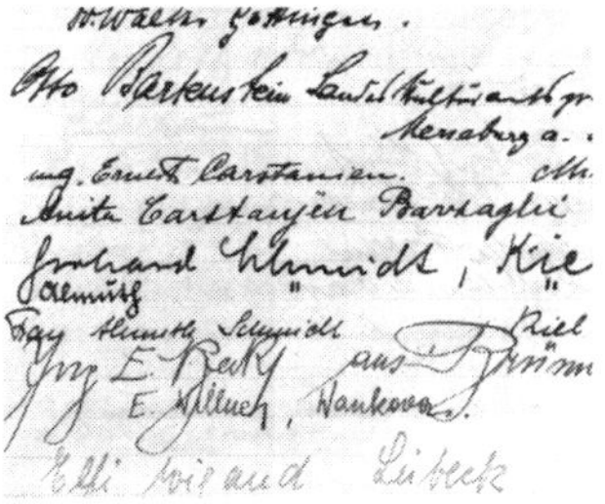

chern dort entnehmen kann. Er erzählte mir von seiner Aufzugsfirma und meinte, ich solle mich einmal melden – was ich ja dann auch getan habe.

Schon ein Jahr später, im Herbst 1962, konnte man bei der Tiroler Landesregierung Haftzeiten in Entschuldigungszahlungen eintauschen. Habe ich mich wieder gemeldet, weil auch Zeiten als U-Boot angerechnet wurden. Solche waren naturgemäß schwerer zu beweisen; wer könnte mir bestätigen, dass ich versteckt worden war? Natürlich Albine Goldstein, die wieder in Wien wohnte und gleich auch noch Hilde Mahel auftrieb, die wie wir in Zagreb den Krieg überlebt hatte. Die beiden attestierten mir, die gesamte Ustascha-Zeit dort versteckt gewesen zu sein, womit mir pro Monat 350 Schilling Entschädigung zustanden, ergab für die vier Jahre noch einmal 17.500 Schilling, die ich für meine wahre Verfolgungsgeschichte unter falschem Namen vom Staate Österreich zuerkannt bekam.

Mit dem so zusammengekommenen Geld kaufte ich mir dann zum ersten Mal in meinem Leben ein neues Auto. Es wurde der schicke Peugeot 404. Wir fuhren damit wie gehabt in jedes Seitental Tirols, im Urlaub auch nach Frankreich, Südtirol und in die Schweiz. Jeden einzelnen Kilometer davon lenkte meine liebe Gattin unsere bescheidene, aber mondäne Limousine.

Im Jahr 1965, als die Tiroler Wirtschaft schon wieder ordentlich brummte und ich das erste Mal seit Zagreb ein bisschen Geld in der Tasche hatte, wurde es in Hall in der großen Mietwohnung der Eltern Focke zu eng. Ilses Sohn Burschi hatte seine Clara gefunden, und die beiden bekamen jetzt das Zimmer, das Ilse und ich seit 1950 bewohnt hatten. Ich hatte eigentlich keine besondere Lust, vom Land in die Stadt zu ziehen. Am Dorfrand von Hall war ich ziemlich sicher gewesen, nie einem Bekannten von Manek Willner zu begegnen. Die vielen Touristen, die jetzt wieder aus ganz Deutschland, aber eben auch aus Wien nach Innsbruck reisten, waren hingegen ein unnötiges Risiko. Bald kamen auch amerikanische Juden aus der Leopoldstadt oder Israelis, die früher Innsbrucker gewesen waren. Allerdings war ich für jemanden, der mich vor 1938 gekannt hatte, nicht mehr so leicht zu erkennen, ich fühlte mich relativ gut geschützt hinter meiner dicken schwarzen Brille und war selten ohne Hut anzutreffen.

Ich fand eine große Wohnung in der Innsbrucker Grillparzerstraße, in der ich auch mein kleines

Warenlager unterbringen konnte. Jetzt musste ich auch meinen Gewerbeschein von Innsbruck-Land nach Innsbruck-Stadt übersiedeln. Wahrscheinlich reicht es in vielen Staaten der Welt, der Behörde mitzuteilen, man wohne jetzt zehn Kilometer weiter westlich. Nicht so in Österreich. Leider hatte ich keinen Schwager mehr bei der Handelskammer, der mir die Amtswege etwas verkürzen hätte können. Also ging das ganze Procedere von der »Überprüfung der zur Identität gemachten Angaben« von Hall bis Wien wieder von vorne los. Wieder und wieder sollte ich erklären, warum ich als bereits 1955 amtlich anerkanntes Opfer des Nationalsozialismus erleichterten bürokratischen Zugang zu diesem Gewerbe gehabt hatte. Der Beamte verstand mich schlecht und legte den Akt unter *Breschinsky* an. Ich wollte einen Gewerbeschein auf *Beschinsky* und traute mich doch nicht, die ganzen eidesstattlichen Erklärungen anders als mit *Bechinsky* zu unterzeichnen. Am Ende verlangte die Tiroler Handelskammer, deren Mitglied ich schon zehn Jahre war, noch 1100 Schilling Inkorporationsgebühr. Diese wurde mir dann nach ein paar Besuchen auf dem Amt gnadenhalber nachgesehen, weil ich schon vierundsechzig Jahre alt war und angab, bald in Pension gehen zu wollen.

Die letzte Publikation, die der Historiker von meinem Freund Peiper gefunden hat, erschien 1965 in der schwedischen Schmuddelbroschüre *Kavalkad* unter seinem altgedienten Pseudonym Bert Ropp. Der einzige Textbeitrag der Illustrierten trägt die Überschrift *Nymfomanen*. Ein echter Peiper: knallharte Dialoge, ein Setup von Straße und Nacht, schwache Damen mit weichen Herzen, es kommt zum Äußersten, leider auch zur Ansteckung mit einem Ausschlag. Bei Abgabe des Texts ist mein lieber Freund schon dreiundsechzig. Das Heft hat keiner von uns je bekommen; in Israel, Österreich und den Vereinigten Staaten konnte man derlei explizite Bildkunst zu dieser Zeit nur unter dem Ladentisch erwerben.

Die deutsche Nachkriegsjustiz drückte sich jahrzehntelang erfolgreich um die Aufarbeitung der eigenen NS-Täterschaft; auch dafür ist Günther Herrmann ein herausragendes Beispiel. Bei den spektakulären Prozessen gegen die Einsatzgruppen (die von den Siegermächten und nicht von Deutschland angestrengt worden waren) in Nürnberg fehlte er unentschuldigt, aber seit 1950 wusste man in Deutschland immer, wo Günther Herrmann lebte. Er wurde mehrfach in Untersuchungshaft genommen, teilweise auch längere Zeit, aber immer wieder freigelassen. Erst 1971, gut fünfunddreißig Jahre nach seinen ersten Verbrechen in Deutschland und gut dreißig nach seiner Mordtournee an der Ostfront, kam er in Düsseldorf vor Gericht. Der Prozessverlauf ist vollständig publiziert, und es ist unmöglich, die Details der Einsatzgruppenkampagnen zu lesen, ohne Alpträume zu bekommen. Anfang 1973 wurde er, an dessen Karriere das Blut von zehntausenden Menschen klebte, wegen gemeinschaftlicher Beihilfe zum Mord an gerade einmal hundertsechzig davon zu sieben Jahren Gefängnis verurteilt. Nach der Haft lebte er von 1980 bis 2004 als freier alter Mann in Köln. Ich bin ihm auch dort sicher nie begegnet.

Viel früher als gedacht war ich dann plötzlich fast allein auf der Welt; unsere Platte hatte sich ausgedreht. Ernst Bechinsky starb im Herbst 1969 in Petach Tikva, Willy Geber im selben Jahr in Los Angeles und Robert Peiper, immer der schnellste von uns, gar schon drei Jahre vorher im schwedischen Solna. Es war, glaube ich, nicht die harte körperliche Arbeit, die sie so früh unter die Erde gebracht hat, eher waren es die Arbeiterzigaretten mit ihren klingenden aristokratischen Namen: in Skandinavien *Prince*, in Israel *Noblesse* und in Amerika *Viceroy*. Alle Herren wurden von ihren nichtrauchenden Gattinnen um Jahrzehnte überlebt. Ich würde mir etwas einfallen lassen müssen, wenn ich die lustigste und treueste Gruppe von Freunden, die man sich wünschen kann, in ihren Gräbern ein wenig unterhalten wollte.

Ich gesellte mich immer gern zu den Sitzungen des Kultusgemeinde-Vorstandes. Zu Beginn jedes Treffens verlas der amtierende Sekretär sein in gediegen altösterreichischem Sprachduktus verfasstes Protokoll der vorangegangenen Sitzung. Das wurde dann von den Anwesenden feierlich unterzeichnet, und wir bearbeiteten die zehn oder zwölf Punkte der neuen Tagesordnung.

Der Historiker hat sich die vorhandenen Protokolle durchgeschaut und seine Fragen erinnern mich an die vielen netten Zusammenkünfte. Ich glaube, Vereinssitzungen sind ein guter Ersatz für Familientreffen. Es gibt unzählige Wiederholungen, ein paar Regeln, eine stabile Hierarchie, viel zu lachen und kleine kulinarische Handreichungen. Womit haben wir uns da in den Siebzigern genau beschäftigt? Können wir uns gerne näher ansehen, sage ich zum Historiker, aber ich möchte gleich anmerken, dass nicht alles, was wir besprochen und beschlossen haben, in den Protokollen steht.

Alles lief über denselben Schlüssel bei uns: Wir waren die Zwei-Prozent-Gemeinde. Also bekamen wir automatisch von allem, was die Wiener so mit der Bundesregierung ausverhandelten, zwei Prozent. Ein schönes Beispiel für die Nachkriegswirklichkeit war das »erblose jüdische Vermögen«, für das SPÖ-Innenminister Helmer 1946 vorschlug, die Auszahlung »in die Länge zu ziehen«. Kurze Zeit später, im Frühjahr 1968, überwies man uns bereits die zweite

Zwei-Prozent-Rate von rund 150.000 Schilling. Wir legten 50.000 auf ein Sparbuch und teilten, wie schon bei der ersten Tranche, den Rest unter den Gemeindemitgliedern auf. Wofür hätten wir es auf die Seite legen sollen? Ich war mir lange absolut sicher, diese Innsbrucker Kultusgemeinde werde höchstens noch ein paar Jahre existieren. Seit ich in Tirol war, sah ich dieselben dreißig, vierzig Mitglieder, die wie ich jeden Tag älter wurden. Bei statistischen Anfragen zu unseren Gemeindemitgliedern unter fünfzehn Jahren sendeten wir regelmäßig Nullmeldungen nach Wien.

1970 war ich über den Sommer in Wien und versuchte zum einen, niemanden zu treffen, der mich aus der Glasergasse kannte, zum anderen hätte ich einen Kantor organisieren sollen, konnte aber niemanden, der singen konnte, dazu überreden, für ein kleines Honorar über die Feiertage nach Innsbruck zu kommen. Zum Glück meldete sich eines Tages Herr Hynek Vrba aus Brno (sprechen Sie das bitte einmal mit Zungen-R aus!). Er hatte eine Stimme wie Karel Gott, wurde von der staatlichen tschechoslowakischen Kulturexportagentur *Pragokonzert* zu günstigen Konditionen an uns vermittelt und sang viele Jahre bei unseren Feiertagen.

Ich ergriff im Vorstand der Kultusgemeinde immer wieder selbst die Initiative. Im November 1970 erfuhren wir, dass Willy Gebers Retter, der Schweizer Hauptmann Paul Grüninger, ohne vernünftige Pension und ohne jede offizielle Anerkennung seiner Verdienste ein

Leben in Armut führte. Ich schlug deshalb vor, ihm 500 Franken zu überweisen. Der Antrag wurde gutgeheißen, und schon bald erhielten wir ein ausführliches Dankesschreiben des lange verkannten redlichsten Grenzbeamten Mitteleuropas im zwanzigsten Jahrhundert.

Schon in den Sechzigerjahren, noch mehr aber nach 1973 wurde die jüdische Religion für bestimmte Österreicher zum Zufluchtsort vor dem Übel des Tagesgeschehens oder der Auseinandersetzung mit der eigenen nationalsozialistischen Familiengeschichte: Beinahe jeden Monat wollte in Innsbruck jemand zum Judentum übertreten. Die Begründungen waren sehr unterschiedlich, religiöse Motive standen dabei eher selten im Vordergrund; hier ein Polizist, da eine Schriftstellerin, gefolgt von einem bildenden Künstler und immer wieder Studentinnen. Wir hatten weder die Infrastruktur noch das Pouvoir oder auch nur Lust, jemanden für das Judentum zu gewinnen, also schickten wir ihnen in der Regel ein Gebetbuch. Die Hartnäckigeren verwiesen wir an die Kultusgemeinden in München oder Wien.

Wir versuchten immer, uns als religiöses Zentrum zu sehen und uns dabei politisch nicht zu exponieren. Das ging in Tirol ganz leicht, weil es nur eine bestimmende politische Kraft gab und bis zum Beweis des Gegenteils angenommen wurde, man könnte sich in diese gottgegebene Tiroler Ordnung einfügen. Wir bewunderten die Arbeit Simon Wiesenthals und verachteten daher ab einem gewissen Zeitpunkt Bruno

Kreisky. Alles, was mit Gewerkschaften, regulierten Märkten und Ideen einer modernen Gesellschaft zu tun hatte, war mir gründlich wesensfremd, was es nicht immer leicht machte, mit den sozialdemokratisch eingestellten Kollegen in den verschiedenen antifaschistischen Komitees nicht ins Politisieren zu kommen. Ich war immer ein geselliger Mensch und langweilte mich zu Hause sehr leicht, also besuchte ich die Clubabende des *Bundes der Opfer der nationalsozialistischen Verfolgung* genauso wie jene der *Arbeitsgemeinschaft vaterlandstreuer Verbände*. Bei den meisten dieser Treffen erschienen dieselben zwei Dutzend älterer Herren in unterschiedlicher Funktion, erstellten vorher eine Tagesordnung und nachher ein Protokoll, diskutierten dazwischen ausgiebig, aber zivilisiert das Tagesgeschehen, und in der Regel übernahm die Gastgeberorganisation die Kosten für Speisen und Getränke.

Immer wieder meldete sich die Polizei bei uns, und immer wieder dachte ich, ich würde jetzt verhaftet. Aber es gab zum Glück immer andere Gründe: Entweder war jemand, der Jude oder Israeli war, wegen einer kleineren Sache in die Justizanstalt gekommen, oder jemand, der sich ganz besonders für das Judentum und Israel interessierte, wegen einer Krankheit in die Mühlen der vormodernen Psychiatrie geraten. In beiden Fällen machten wir Besuche, vermittelten Rechtsbeistand, halfen mit kleinen Darlehen, von denen wir natürlich wussten, dass sie nicht zurückbezahlt werden würden, oder schickten ein Gebetbuch.

Wenn wir uns ärgern mussten, war der Grund praktisch immer die *Tiroler Tageszeitung*. Die Redaktion war unsensibel für jüdische Themen und personell noch mit Schreibern aus einer anderen Generation besetzt. Für alle, die es vergessen oder noch nie gehört haben: Der Sportredakteur Toni Thiel verglich 1971 beim ersten Innsbrucker Fußball-Meistertitel die Stimmung in der Stadt mit der Ausgelassenheit des 11. März 1938. Solche Entgleisungen führten zu Protestschreiben aus dem Bund der Opfer, der Kultusgemeinde und allen befreundeten Einrichtungen, wohl nur, um von Herausgeber Moser ungeöffnet in den Papierkorb befördert zu werden. Heinz Mayer sendete uns immer Kopien seiner Protestschreiben; er fand fast jede Woche einen Anlass, sich über die Tiroler Presse aufzuregen. Für mich als Wiener war das ein vertrautes Muster: Vorgefasste Meinungen hatten immer zur veröffentlichten Meinung gehört, und alle Schattierungen des offenen oder zwischen den Zeilen transportierten Judenhasses halfen, die Auflage zu steigern. Und aus welcher Mördergrube hätten die Redakteure berichten sollen, wenn nicht aus ihrem Herzen?

Eine Geschichte für sich sind die Anträge auf Wiedergutmachung aus den Familien meiner Freunde und Bekannten. Die Willners waren von den halben Angeboten ohnehin schon allein deshalb ausgeschlossen, weil sie 1938 keine österreichischen Staatsbürger gewesen waren. Aber auch bei den erfolgreichen Anträgen wie der Wohnungseinrichtung meiner Mutter mussten die

Antragsteller zunächst einmal vor den österreichischen Nachkriegsbehörden Offenbarungseide leisten. War man alt und krank genug für eine Unterstützung? Hatte man alle Formulare richtig ausgefüllt? Wie war das, Frau Willner, mit Ihrer Scheidung 1937? Die waschechten Österreicher der Familien Geber und Beschinsky wurden von den Behörden ebenfalls endlos hingehalten: Hier war eine minimale Formalität nicht erfüllt, dort fehlte eine beglaubigte Bestätigung für irgendwas. Jedes Mal dauerte es Monate, bis die Ämter zurückschrieben, und in fast allen Anträgen gaben die Exilanten schließlich auf und antworteten entnervt, man möge ihnen bitte einfach irgendetwas geben, und das möglichst bald, weil man nicht mehr jung, nicht gesund und es leid sei, von der österreichischen Bürokratie gepflanzt zu werden. Im Scherz sagte ich manchmal zu meiner Familie (obwohl es nicht ganz stimmte), ich als leihweiser Träger dieses schönen Namens sei der einzige Bechinsky, der eine nennenswerte Wiedergutmachung von Österreich bekommen habe.

Die Organisation der großen jüdischen Feiertage im Frühling und im Herbst war immer mit monatelangen Vorbereitungen verbunden. Weil sich in den unruhigen Siebzigerjahren die palästinensische Fatah mit den deutschen Terroristen nicht nur für Flugzeugentführungen zusammentat, sondern es auch auf jüdische Einrichtungen abgesehen hatte, riet uns die Sicherheitsdirektion oft in letzter Minute, Veranstaltungen als mögliche Ziele von Anschlägen abzusagen.

Die Terrorgefahr gab es für Juden schon, als noch keine islamistischen Kämpfer durch die Innenstädte Mitteleuropas irrten.

Im Dezember 1973 hatten wir soeben den Jom-Kippur-Krieg überstanden und alle Österreicher waren plötzlich auf der Seite des überfallenen Staates Israel. Frau Doktor Fritsch flog, das erzählte sie mir später, als Mutter zweier kleiner Töchter gar von Wien mitten in die Kriegshandlungen, um als Ärztin die Verwundeten zu versorgen. Mutige Frauen setzen ihre Prioritäten und geben nicht allzu viel darauf, was die Bedenken tragende Umgebung dazu zu sagen hat. Alle österreichischen Kultusgemeinden sammelten Geld, um das von seinen arabischen Nachbarn bedrohte Land wieder aufzubauen. Die Linzer und Grazer stellten gleich das ganze Geld zu Verfügung, das sie auf ihren Konten übrig hatten. Die Wiener Juden spendeten dreißig Millionen Schilling. Die telefonisch von Sekretär Reitzer erfragten Vorlagen waren:

IKG Wien	30.000.000,–
IKG Graz	282.000,–
IKG Salzburg	450.000,–
IKG Linz	60.000,–

Da mussten wir mithalten, ob wir wollten oder nicht. Ich hatte meine persönlichen Erfahrungen mit Israel gemacht und konnte mir auch in dieser Situation nicht vorstellen, dass ein einziger Schilling unten an der richtigen Stelle ankommen würde. Die Innsbrucker Spenden-Aufstellung ergab dann, nach Höhe der Beträge sortiert:

Frl. Inge Brüll	5.000,–
Franz Brüll	5.000,–
DIng. Guido Stock	3.000,–
Erik Weltsch	3.000,–
Oskar Lubomirski	1.000,–
Friedrich Mestler	1.000,–
Robert Gewitsch	1.000,–
Fr. Grete Schindler	1.000,–
Max Sternbaum	700,–
Alois und Lily Schulhof	500,–
Paul Reitzer	500,–
Julia Langhofer	300,–
Ernst Beschinsky	250,–
Summe	22.250,–

Das katholische Fräulein Inge Brüll spendete für das israelische Militär zwanzigmal mehr als ich. Ich hatte selten in meinem Leben zu viel Geld, und ja, ich war immer noch kein unkritischer Freund des Staates Israel. Nach meinem Tod ließen die Salzburger und die Linzer Kultusgemeinde je zehn Bäume auf »Dr. Ernst Beschinsky« in Galiläa pflanzen – das freute mich natürlich in erster Linie wegen des mir zugedachten akademischen Titels sehr.

Eine originelle Geschichte hatte auch einer meiner Vorgänger als Präsident der Kultusgemeinde, Oskar

Lubomirski, zu erzählen, der mir hinter vorgehaltener Hand abwechselnd als Fürst oder Baron Lubomirski vorgestellt wurde. Leider hatte der österreichische Staat im Frühjahr 1919 die Adelstitel abgeschafft, aber als Kenner des galizischen Archipels war mir dieser Familienname natürlich geläufig. Es gibt keine Stadt nördlich oder östlich von Krakau, in der nicht heute noch das schönste Palais am Hauptplatz jenes der Fürsten Lubomirski ist. Bei Fragen nach seiner Verbindung nach Polen bekam man die Auskunft, ein blaublütiger Vorfahre habe sich, um nicht in napoleonisch-revolutionären Zeiten sein Leben aufs Spiel zu setzen, zwischendurch in Böhmen verstecken müssen und somit auf alle Titel verzichtet. Lubomirski selbst war so katholisch und gojisch, wie man nur sein konnte, aber er heiratete 1948 eine Frau namens Rosalia Reichenbach, für die er in den letzten Kriegsmonaten sogar einige Zeit im KZ Reichenau absaß. Er war ihr zuliebe zum Judentum konvertiert und gleich mitten drin im überschaubaren jüdischen Leben Tirols der Nachkriegszeit.

Auf unserem Friedhof in Innsbruck ließ er seiner aus Berlin stammenden Gattin 1961 einen wunderschönen schwarzen Marmor-Grabstein aufstellen mit der deutschen und hebräischen Inschrift *Rose Fürstin von Lubomirska.* Damit nahm er ein gewisses Risiko auf sich, weil ein paar Monate zuvor der Friedhof von zwei deutschnationalen Studenten geschändet worden war. Meinetwegen, die Beschriftung war nicht ganz korrekt, weil in Österreich Frauen keine polnischen Familiennamen-Endungen tragen (Frau Lubomirski stammte aus Berlin). Man könnte auch so weit gehen, zu behaupten, der vorbildliche Konvertit Lubomirski habe sich darüber hinaus eine kleine persönliche Chuzpe erlaubt, denn genau genommen waren die Innsbrucker Lubomirskis nicht von altem polnischem Adel, sondern ehrbare Bauers- und Zimmermannsleute aus dem böhmischen Weiler Lupoměchy, und das lange vor den napoleonischen Kriegen. Oskars ambitionierter Vater Emanuel hatte offenbar auf dem Weg Richtung Innsbruck die Idee, aus dem etwas rustikalen *Lupoměrský* den klingenderen Familiennamen *Lubomirsky* (das kleine *i* am Ende kam auch erst etwas später informell dazu) zu machen. Die Brüder Karl und Emanuel Lubomirski bauten dann als Baumeister und Architekten in Innsbruck den halben Stadtteil Wilten. Wahrscheinlich wusste Oskar vom kleinen Etikettenschwindel seines Vaters oder ahnte ihn zumindest. In der Kultusgemeinde erzählte man sich, dass nach einem Artikel im *Jewish Chronicle* über einen *Jewish Prince in Austrian*

Tyrol (gemeint war er) 1963 ein britischer Genealoge extra nach Tirol reiste, um die fürstliche Abstammung des Innsbrucker Lubomirski-Stamms zu erforschen. Oskar soll drei Tage lang wegen Unpässlichkeit sein Zimmer nicht verlassen haben, um ihn nicht treffen zu müssen. Man soll sich nicht der Eitelkeit halber mit den Medien einlassen, wird er sich gedacht haben. Für sich selbst wählte er auf der Matzevah dann nur mehr den Zusatz *Ihr Gatte Oskar Kasimir*, was jedenfalls vollinhaltlich stimmte. Wir beide teilten also ein europäisches Schicksal: Oskar Lubomirski hatte sich zu seiner böhmischen Bauernfamilie in Tirol eine Abstammung aus polnischem Adel ersehnt; ich hatte mir als jüdischer polnischer Landwirt in Wien immer einen böhmisch-wienerischen Stammbaum gewünscht. Hat beides funktioniert, wenn man sich heute auf dem jüdischen Friedhof umsieht.

Ende 1975 eröffnete uns Robert Gewitsch, er sei müde und wolle die Präsidentschaft der Kultusgemeinde nicht mehr weiter übernehmen, verbleibe aber noch in unserem Vorstand. Ich saß jetzt seit 1952 in dieser Herrenrunde und merkte, wie sich zum ersten Mal alle Blicke auf mich richteten – ich wurde gefragt, ob ich nicht der nächste Präsident werden wolle. Warum auch nicht? Ich war das längstdienende Vorstandsmitglied, kannte den Laden und alle kannten mich. Ich überschlug ein paar der bekannten Risikofaktoren: In den mittleren Siebzigerjahren hatten die israelischen Geheimdienste andere Sorgen als die Innsbrucker Kultusgemeinde, von dieser Seite würde kein *background check* zu erwarten sein. Der andere Ernst Bechinsky konnte sich seit sechs Jahren nicht mehr verplaudern. Die gesellschaftliche Bedeutung der Innsbrucker jüdischen Gemeinde konnte man zu dieser Zeit gar nicht unterschätzen; die Mitgliederliste passte auf zwei Maschinschreibseiten, und in der Öffentlichkeit waren wir völlig unbekannt. Robert Gewitsch war jahrelang Präsident der Kultusgemeinde gewesen und kein einziges Mal in der Zeitung gestanden. Ich war seit fast vierzig Jahren Ernst Beschinsky, und doch war es wohl Manek Willner, der mich zu meiner Antwort verführte. Ich spürte kurz das rabbinische Blut der Vorfahren in den Ohren rauschen und hörte deshalb für einen Moment nicht auf meinen sonst immer zur Vorsicht gemahnenden Instinkt; ich sagte: Ja.

1976

Ich führte, was damals so gut wie niemand machte, über viele Jahre eine veritable Vierundzwanzig-Stunden-Beziehung mit meiner lieben Gattin. Ich wachte als Erster auf und holte die Zeitung vor der Tür, Ilse stand auf und machte das Frühstück. Wir planten die Route des Tages und bereiteten allfällige Muster und auszuliefernde Lagerware vor, dann ging es in die Berge. Ilse chauffierte gerne und hielt mich mit ihrer guten Laune davon ab, mir zu viele graue Gedanken zu machen oder einen Blick eines Unbekannten als Vorzeichen meiner unmittelbar bevorstehenden Verhaftung zu werten. Geschäfte mit den Tiroler Textilhändlern jener Zeit zu machen, lief recht informell ab; ich liebte diese Arbeit. Die Menschen in den Tourismusorten hatten ein sehr ähnliches Verständnis wie ich von angemessener steuerlicher Transparenz in Handelsagenden. Rabatte bei Barzahlung gab es auch, und auf der Rückfahrt nach Innsbruck hielten wir nicht selten wohlgelaunt bei einem Landgasthof und freuten uns über die guten Abschlüsse. An anderen Tagen kamen wir nach Hause, Ilse bereitete das Abendessen zu, dann saßen wir, wenn mich keine Sitzungen riefen, vor dem Radio und hörten Neuigkeiten aus nah und fern, die uns im friedlichen und wohlhabenden Tirol der Siebzigerjahre oft genug wie aus einer anderen Welt vorkamen. Ilse besorgte den Abwasch, und so endete an einem Julitag 1976 auch unsere über vierzig Jahre dauernde Liebesbeziehung – ein guter Teller fiel zu Boden, daneben sank meine Ilse hin und ließ mich mit der Welt allein. Ich gebe gern zu: Ich war auf diesen Moment nicht vorbereitet.

Ich glaube, zum ersten Mal enttäuscht hat mich Ilse in ihrem Testament. Sie hatte keine großen Reichtümer erspart, aber wohl aus einer Laune ihren Enkel in Hall mit einem fünfstelligen Schilling-Betrag versehen. Das konnte ich nicht verstehen, und wie sich die Geschichte entwickelte, verhalf der unerwartete Geldsegen dem Enkel leider auch nicht zu Glück und Zufriedenheit …

Die unerwartete Realteilung von Ilses Erbe brachte mich in die Verlegenheit, mir für das Begräbnis von der Kultusgemeinde Geld ausleihen zu müssen. Der Vorstand gewährte mir 15.000 Schilling Soforthilfe, und dies mit der erfreulichen Aussicht, über die Rückzahlungsmodalitäten erst bei anderer Gelegenheit Vereinbarungen zu treffen. Zuvor hatten mir die drei Herren Schenkel, Lubomirski und Gewitsch zum Ableben meiner Gattin, die sich allgemeiner Hochachtung und Wertschätzung erfreut hatte, ihr tiefgefühltes Beileid ausgedrückt und sich dabei, wie es im Protokoll schön heißt, *zu diesem Zeichen von ihren Sitzen erhoben*.

Ich war gerade ein halbes Jahr Präsident, und nun war ich Witwer. Ich steckte in der Frage fest: Hatte sich

Ilse, ohne es mir zu sagen, zu viele Sorgen gemacht? Sie hätte, wäre ich aufgeflogen, natürlich auch einiges an Erklärungsbedarf gehabt. Sicher, hier wollte man uns nicht umbringen wie in Wien und Zagreb, aber was wäre geschehen, wenn – wie es ja nun viele Jahre später passiert ist – ein Amt, ein Gericht oder ein Verwandter meine Namens-Camouflage enttarnt hätte? Der Historiker hat sich den Spaß erlaubt, bei einem Strafrechtler nachzufragen, was mir an Konsequenzen gedroht hätte. Das österreichische Strafrecht bis 1975 war mehr oder weniger jenes von 1803, Unkorrektheit vor der Obrigkeit wurde nicht als Kavaliersdelikt beurteilt. Ich besaß seit 1946 eine gültige Geburtsurkunde auf den Namen Ernst Bechinsky, die keine Fälschung war, sondern echt. Erst bei ihrer Vorlegung und gleichzeitiger Behauptung, das sei meine, beging ich gelegentlich Beweismittelfälschung. Ob ich das nun einmal oder zehnmal getan habe, ändert nichts Entscheidendes an der Strafandrohung, habe ihm der Jurist gesagt, sagt mir der Historiker. Jede einzelne Unterschrift als Ernst Beschinsky war natürlich Dokumentenfälschung. Und die Auszahlungen aus der Opferfürsorgekasse unter falschem Titel hätte man mir, auch wenn Manek Willner vielleicht auch so einen Ausweis bekommen hätte, als Betrug auslegen können. Die Annahme von Orden und Ehrenzeichen, die nur Österreichern verliehen werden können, wäre strafrechtlich weniger ins Gewicht gefallen. Der Strafrechtsprofessor schätzte mein maximales *Schmalz* für alle kleinen und mittleren

Ungenauigkeiten auf konservativ ein bis drei Jahre Gefängnis plus natürlich Verlust der Identität samt österreichischer Staatsbürgerschaft. Menschen, die man in ähnlichen Situationen in Deutschland verurteilt hat, haben zwei Jahre und die Ausweisung ausgefasst. Das hätte ich nicht überstanden, das wollte Ilse sicher auch nie erleben, vielleicht hat sich ihr großes Herz darüber zu viele Sorgen gemacht. Nicht jedem Spaziergänger am Rande der Rechtslage ist die Gabe der Verdrängung in die Wiege gelegt worden wie mir.

Ein Jahr nach Ilses Tod legte ich meinen Gewerbeschein zurück. Ohne ihre gute Laune am Volant waren Luft wie Lust heraußen aus meinen geschäftlichen Ambitionen, und ein Handelsreisender ohne Führerschein kommt buchstäblich nicht weit. Mein Schwiegervater, der emsige Eisenbahningenieur Emil Focke, war 1927 im Alter von zweiundfünfzig Jahren in den Ruhestand getreten. Ich, Manek Willner, der Erste beim Ausruhen, der Schnellste nur zu Tische und bekannt als der Fleißigste bei den Ruhezeiten, war sechsundsiebzig Jahre alt, als ich aufhörte, unternehmerisch tätig zu sein. Das unternehmerische Denken ist mir dabei zum Glück nicht gleich mit abhandengekommen.

Ich bekam eine bescheidene Alterspension von knapp sechstausend Schilling, weil ich nur von 1955 bis 1977 Beiträge eingezahlt hatte. Dazu kamen ein paar Monate an Vordienstzeiten, die mir die Wiener Gebietskrankenkasse überraschender-, aber umso erfreulicherweise aus dem Leben des anderen Ernst Bechinsky anrechnete. Die Kultusgemeinde zahlte mir zweitausend Schilling im Monat dazu, was ich gut brauchen konnte.

Für alle jüdischen Agenden der Stadt Innsbruck war vor, während und nach meiner Präsidentschaft der Stadtrat, später Vize- und dann Bürgermeister Romuald Niescher verantwortlich. Er war ein kommunikativer Mensch, der einem im Rahmen seiner Möglichkeiten half, gewisse Anliegen umzusetzen. Er war uns bei Problemen auf dem Friedhof grundsätzlich gewogen und lud immer wieder die vertriebenen Innsbrucker Juden zu Besuchen ihrer Heimatstadt ein. Im Sommer 1980 erinnerte ich Herrn Niescher daran, wie versprochen dem lieben Reitzer eine Wohnung zu organisieren, was damals noch einfacher ging als heute. Der Historiker erzählt mir, er habe ein paar Wochen vor dem Tod des Bürgermeisters mit ihm über mich gesprochen, dabei habe dieser kein besonderes Erstaunen über die in letzter Zeit zu meiner Lebensgeschichte hinzugekommenen Fakten gezeigt.

Bürgermeister Romuald Niescher mit den von der Stadt geehrten Persönlichkeiten. Von links nach rechts: Univ.-Prof. Dipl.-Ing. Dr. Robert Weinlich, Frau Maria Riccabona, Ernst Beschinsky, Volker Krystufek-Krystoph und Hofrat Dr. Karl Fink.

Bürgermeister Niescher lobte mich ja einmal bei einer Veranstaltung zum leichten Schrecken der Anwesenden als »Juden, wie er im Buche steht«, heute bin ich mir nicht mehr sicher, ob ihm das aus Unachtsamkeit passiert ist oder doch als augenzwinkernde Freundschaftserklärung unter Männern in Führungspositionen.

Ich kenne die schönsten jüdischen Grabplätze Europas, die meisten habe ich noch gesehen, bevor die Nazis sie zerstört haben. Wien-Währing und die Seegasse werden Sie vielleicht kennen, natürlich das erste und das vierte Tor auf dem Zentralfriedhof; sicher waren Sie schon in Prag auf dem Alten Friedhof. Aber kennen Sie Pressburg an der Donau oder Lisko am San? Dort liegen meine Vorfahren, und sie haben zum Teil unglaublich schöne Grabsteine mit ganzen Lebensgeschichten darauf. Für mich war die glamouröse Vergangenheit unserer rabbinischen Muster-Familie immer eher eine Belastung als ein Segen, auf jeden Fall finanziell – man muss die Steine ständig renovieren lassen, oder sie zerbröseln in wenigen Jahrzehnten.

Die übertriebene Verehrung dieser unerreichbaren Vorbilder, der heiligmäßigen Rabbiner, die ihr ganzes Leben nur alles richtig gemacht haben, setzte mich mit meiner Geschichte unter Druck. Was ist aus eurem Enkel geworden? Seid ihr stolz auf mich? Ich bin nie besonders gern zu diesen Gräbern gegangen und fand die Vorstellung, dass auf dem überschaubaren Innsbrucker Gräberfeld niemand aus meiner Familie lag, sehr angenehm.

In dieser Stadt haben die Juden immer versucht, von den Nichtjuden geliebt zu werden, wir wollten ihnen gleichgestellt und deshalb ganz nahe sein. Als eines Tages die Platznot auf dem katholischen Totenacker der rasch wachsenden Stadt Innsbruck die Errichtung eines schönen neuen städtischen Friedhofs nötig machte, war einer meiner Vorgänger, der hochgeschätzte Wilhelm Dannhauser, der Meinung, wir sollten uns mit dem jüdischen Friedhof dazulegen lassen.

Damit entstand ein kapitales Missverständnis, für das nur wir selber verantwortlich waren: Bei den Christen ist es mehr oder weniger egal, wie lange ein Grab besteht. Ihnen sind die körperlichen Überreste der Vorfahren nicht so wichtig wie das Seelenheil. Sie wissen sie ohnehin im Himmel bei Jesus, Maria und Josef. Also bezahlt ein Christ einen Grabplatz für zehn Jahre, vielleicht für fünfundzwanzig. Wird ein Grab danach aufgelassen, ist niemand böse, und es ist sogar im allgemeinen Sinne, weil auch Platz gespart wird. Bei uns Juden ist alles ewig und gerade die Totenruhe theoretisch unantastbar. Ich sage *theoretisch*, weil die toten

Juden in Innsbruck in den letzten hundert Jahren dreimal übersiedelt worden sind, vom Judenbichl zuerst auf den kleineren Westfriedhof und dann noch einmal auf das heute bestehende Feld.

Die halbe Zeit meiner Präsidentschaft war ich damit beschäftigt, nach Israel, England und Amerika Briefe zu schreiben, irgendwelche Personen, die ich nicht kannte, mögen doch für die Gräber ihrer Eltern oder Großeltern Miete an die Stadt Innsbruck bezahlen. Meistens erreichten diese Briefe Menschen, die aus den verschiedensten berechtigten Gründen nicht gut auf die Innsbrucker Stadtverwaltung zu sprechen waren. Die Leute schrieben zurück, derselbe Stadtmagistrat, der sie als Kinder aus der Schule geschmissen und ihren Familien die Gewerbeberechtigungen und Wohnungen entzogen hatte, möge sich doch selbst um die Pflege der Gräber kümmern.

Deshalb war ich eigentlich erleichtert, als im Herbst 1979 der Brief der Stadt an die Kultusgemeinde kam. Man bot uns an, unsere Probleme zu halbieren. Wir sollten den südlichen Teil des jüdischen Friedhofs wieder an die Stadt abtreten, die dort eine dringend notwendige Straßenverbreiterung durchführen wollte – genau genommen nicht abtreten, der Grund gehörte ja schon der Stadt, aber wir wurden doch zur Bauverhandlung beigeladen. So war die Stimmung in den Siebzigerjahren. Stellen Sie sich bitte kurz vor, heute würde jemand die Hälfte des Friedhofs einer österreichischen jüdischen Gemeinde für so einen Zweck umwidmen wollen. Mehr als ungläubiges Kopfschütteln würde sich die Stadtverwaltung damit nicht einhandeln.

Bei der nächsten Vorstandssitzung in der Kultusgemeinde trug ich das hochtrabende Tiefbau-Ansinnen vor, und was ich sah, waren sorgenvolle Mienen bei den Herren Gremialkollegen. Ich zerstreute ihre Bedenken: Was konnte einem Besseres passieren? Weniger Probleme mit den Grabbesitzern, eine Totalsanierung des Friedhofs auf Kosten der Stadt und, noch besser, eine in den Startlöchern scharrende Brennerautobahngesellschaft, die unbedingt bald bauen wollte. Ich sagte der Runde: Jeder von uns wartet im Geschäftsleben auf eine Gelegenheit, wo es die Gegenseite eilig hat und wo, wie im Straßenbau, Geld keine Rolle spielt. Wir müssen uns nur einig sein und es klug anlegen.

Zuerst benötigten wir ein Schreiben des Wiener Oberrabbiners Akiba Eisenberg, das sei alles völlig undenkbar und jüdische Gräber könnten niemals verlegt werden. Das gab uns ein wenig Zeit und die Stadt musste ihr Angebot verbessern. Natürlich versuchten die Magistratsbeamten mit den früheren Verlegungen der jüdischen Friedhöfe in Innsbruck zu argumentieren, aber wir blieben hart und weigerten uns, den bis ins letzte Detail ausgearbeiteten Übergabevertrag zu unterzeichnen. Wir ließen ein paar Treffen ausfallen und erhöhten die Zeitnot der Planungsingenieure und Volksvertreter. Unser Anwalt war ebenfalls Politiker, der fabelhafte sozialistische Landeshauptmann-Stellvertreter Karl Kunst. Er verhandelte in unserem Namen und konnte uns schließlich mitteilen, es habe wie geplant noch ein Abschnitt in das Vertragswerk Eingang gefunden. Unter Punkt 15 stand dann etwas geschraubt: »Die Kultusgemeinde erhält eine einmalige Entschädigung in Ausübung ihrer Patronanz [...] für die betroffenen Grabbenützungsrechte in der Höhe von 1.000.000,–.« Einfach übersetzt: Wir hatten die Hälfte des auf städtischem Grund bestehenden Friedhofs um eine Million Schilling an die Brennerautobahn verkauft. Ich strahlte, als Sekretär Paul Reitzer, Kultusrat Bernhard Schenkel und mein Vorgänger Robert Gewitsch mit mir den Vertrag unterzeichneten. Ein paar Wochen später hoben wir die Hälfte des überwiesenen Geldes ab, teilten es auf und investierten es in sicherere Liegenschaften.

Die Arbeiten am Friedhof waren dann wirklich anstrengend, wir hätten das Doppelte verlangen sollen. Grab um Grab wurde exhumiert, die Gebeine in Dutzenden Holzkisten zwischengelagert. Viele Gräber wurden aufgelassen, weil wir keinerlei Kontakt zu den Nachfahren hatten. Fehler waren in diesem Chaos unvermeidlich. So mussten wir danach manchen Wutausbruch eines Nachfahren erleben, der wie Abraham Gafni das von uns aufgelassene Grab seiner Mutter nicht mehr finden konnte. Obendrein hatte ich ohne jede böse Absicht den schönen schwarzen Marmor-Grabstein der Familie Löwy an den Steinmetz Gamper in der Peter-Mayr-Straße verkauft. Heinz Mayer, dessen

Schwiegermutter Irma Krug eine Tochter des darauf verewigten Karl Löwy war, verschonte mich mit seinem Zorn und errichtete eine neue Grabstätte, auf der er auch seines in Auschwitz ermordeten Vaters und aller im Holocaust umgekommenen Mitglieder der Familie Löwy gedachte. Ich ärgerte mich über mich selbst; bei solchen Geschäften muss man genauer sein, aber ich war neunundsiebzig und bisweilen ehrlich überarbeitet.

Im Herbst 1981 eröffneten wir den Friedhof mit Pomp und Trara. Die neue Mauer sah wirklich ganz gleich aus wie die alte, und für nicht Eingeweihte schaute der halb so große Friedhof aus wie vorher. Im Beisein des Bundesheeres, des Schwarzen Kreuzes, von Verwaltungsbeamten der Stadt und Vorständen der Brennerautobahn wurde das neue Schmuckkästchen der Innsbrucker Verkehrsadministration eingeweiht.

Mich hat die ganze Aktion auf die Rechnung der Tiroler Politik gebracht. In den Jahren danach bekam ich jeden erdenklichen lokalen Orden umgehängt, immer mit Verweis auf meine Verdienste um den schönen neuen Friedhof. Die Medaillen und Kreuze machen sich wunderbar auf meiner Parte. Leider gab es bei den Soiréen zwar immer ein Buffet mit Canapés – für mich viel zu spät abends –, aber statt einer kleinen finanziellen Anerkennung nur einen Händedruck. Natürlich immer auch ein Pressephoto, was mich aber nicht freute. Ich war ja nicht mehr so fesch wie früher, und meine Brille dominiert die meisten Abbildungen. Wenigstens konnte man mich dahinter nicht so leicht erkennen.

Ein paar Tage nach der Unterzeichnung des Vertrages mit der Brennerautobahn muss jemand dem stellvertretenden Chefredakteur der *Tiroler Tageszeitung*, Rupert Kerer, davon erzählt haben. Jedenfalls erschien am 16. Februar 1980 im damals noch wirklich einflussreichen Tiroler Blatt ein ganzseitiger Artikel über das Schlechte in den Juden. Ich gebe den Inhalt hier nicht wieder, das meiste habe ich mein halbes Leben lang gehört. Der sich in Rage schreibende Journalist erklärte dann noch Brecht zum Juden und verdrehte, weil er schon dabei war, alles, was man zum Thema Holocaust, Tabus, Sexualität, Atombombe, Politik, Religion, Literatur und Kunst falsch verstehen kann. Ich war mir sicher, er kritisierte irgendwelche längst verstorbenen Juden und Nichtjuden aus halb Europa, um eigentlich uns eins auszuwischen.

Als wir dann kurz darauf hauptsächlich wegen dieses Artikels bei unserem Anwalt Karl Kunst saßen, wollte der unbedingt seinem Parteifreund, dem österreichischen Justizminister Broda, einen Brief schreiben, um sich zu beschweren und um als Jurist nachzufragen, ob das jetzt eine »Hetze« sei. Den Redakteur Kerer haben später noch mehrere Leute angezeigt, einen Prozess bekam er nie. Mir war das völlig egal; ich kenne gar keine Zeit, in der nicht solche Artikel erschienen sind, und ich kenne den Unterschied zwischen einer Hetz und einer Hetze, seit ich das erste Mal über den Stadtplatz von Linsk gegangen bin.

Um doch noch etwas zur Beruhigung der Gemüter beizutragen, ging ich mit dem aufgebrachten Mayer, dem empörten Reitzer und unserem Anwalt Kunst zum Kommerzialrat Moser in die Zeitung. Ich erklärte ihm, die Kultusgemeinde könne die ganze Aufregung nicht brauchen und schon gar keine gerichtlichen Umstände. Was hätten wir davon? Vielleicht käme dann ein ORF-Kamerateam nach Tirol oder ich sollte mich im Fernsehen in den *Club 2* setzen und mit Professor Pelinka über Antisemitismus diskutieren? Nein, danke. In Wien lebten zu der Zeit sicher noch drei Dutzend Leute, die sich an Ernst Bechinsky oder Manek Willner oder an beide erinnern konnten, und bei so einem Thema würden sie vermutlich alle zuschauen. Dann würde der eine zum andern sagen: »Du, der Ernstl Bechinsky, der lebt doch gar nimmer«, und der andere würde sagen: »Der schaut eh mehr aus wie der Willner Mano aus der Glasergassen.« Und schon wäre ich als knapp Achtzigjähriger dagestanden mit meiner Geschichte.

Als die ganze Aufregung eigentlich schon vorbei war, manifestierte eine Gruppe junger Leute ihre Wut auf die *Tiroler Tageszeitung* noch über eine Unterschriftenliste. In meinen Augen ging es da längst um etwas anderes als um unsere Anliegen. Fast tausend Menschen unterzeichneten diese Liste, der Historiker sagt, sie liest sich wie ein *Who's who* der Innsbrucker Sozialdemokratie, verstärkt durch eine Zahl langhaariger Scheinstudenten und einige arbeitslose Junglehrer. Mir war das etwas unheimlich. Sollten Sie diese Liste damals unterschrieben haben, danke ich Ihnen natürlich dafür. Aber es war für uns alle ein seltsames Gefühl, aus heiterem Himmel ein soziales Netzwerk von so vielen Freunden zu haben, die wir nicht kannten und die uns nicht kannten. Ich wollte keine Öffentlichkeit und ich war zu alt, um mich als jüdische Symbolfigur vor einen Karren meinetwegen auch berechtigter Kritik am Tiroler Medienmonopol spannen zu lassen.

Ähnlich sind wir auch mit den bunt gemischten Anfragen von echten und vorgeblichen Historikern umgegangen, die sich in regelmäßigen Abständen um unsere Geschichte bemühten. Der ehemalige Innsbrucker Hugo Silberstein, der sich dann eines Tages *Sella* nannte, weil er wie ich begeisterter Alpinist war, schrieb ein wichtiges Buch über die Schicksale der Innsbrucker Juden in der Nazizeit. Er echauffierte sich – ich glaube, wie über vieles – sehr darüber, dass wir ihn nicht besonders dabei unterstützten und ihm keine »aktuellen Daten« zu unserem Mitgliederstand mitteilten. Später erschien noch eine ganze Studentenzeitung zum Thema *Antisemitismus in Tirol*, die uns, weil wir dafür nichts über die »aktuelle Situation in der Kultusgemeinde« schreiben wollten, fast schon im Sinne des Broschürentitels schlecht hinstellten.

Ende 1980 war ich müde; ermattet von den ganzen Arbeiten am Friedhof, geblendet von der vielen Öffentlichkeit, und meine Ilse fehlte mir. Im Herbst hielten wir auch noch Kultuswahlen ab. Es kann sich heute niemand vorstellen, wie umständlich es bisweilen sein kann, eine einfache Abstimmung unter gut vierzig Leuten zu bewerkstelligen. Im Protokoll der konstituierenden Sitzung des neuen Vorstandes schrieb Sekretär Reitzer: »Der Vorsteher H. Beschinsky stellt fest, daß er ursprünglich die Stelle des Vorstehers nur ungerne angenommen hat, da er nicht wusste, ob er die für diese Funktion nötigen Qualifikationen besitze. Doch er hat sich bemüht, mehr zu leisten, als man dies von ihm vielleicht erwartet hätte.« Eigentlich suchte ich schon nach einem geeigneten Nachfolger. Reitzers Protokoll weiter: »Abschließend dankt Herr Beschinsky den Anwesenden und stellt fest, daß sich der Kultusrat einer Verjüngung unterzogen hat und durch die Anwesenheit von Frau Dr. Fritsch eine feminine Note erhalten hat.«

Mein Leben als Mann war nach dem Tod von Ilse auch nicht mehr der Rede wert. Ich fand zwar immer wieder eine nette Begleiterin und amüsiere mich heute beim

Betrachten der Bilder über mein recht vorhersagbares Ausschauverhalten: Die Damen sehen Ilse teilweise doch recht ähnlich. Die ganz große Liebe war nicht mehr dabei.

Einmal in der Woche ging ich mit der treuen Clara, meiner angeheirateten Schwiegertochter, spazieren oder ins Kaffeehaus. Der Rest meiner sozialen Kontakte fand in der Kultusgemeinde statt. Und so wenig ich in den Fünfzigerjahren die alten Herren verstanden hatte, die sich da im Büro mit der Verwaltung jüdischer Agenden ihre langen Tage vertrieben hatten, so lieb wurde mir die Arbeit in der Kille mit Reitzer, Schenkel und Gewitsch, wo wir seriöse Probleme gelegentlich auch mit Humor in den Griff bekamen und lächerliche Kleinigkeiten mit der gegebenen Ernsthaftigkeit ignorierten. Wir hatten alle Schlimmeres gesehen.

1987

Ende Mai 1987. Vor zwei Wochen sind meine Schwestern aus Paris gekommen, um sich zu verabschieden. Wir haben ein Testament aufgesetzt, kurz und schmerzlos. Anna hat es geschrieben, Erna und der gute Schwager Nathan haben es bezeugt. Ich habe es unterzeichnet, und man sieht meiner Unterschrift an, dass sie mit letzter physischer Kraft gesetzt wurde; ich gebe zu, ich war nicht ganz fit an diesem Vormittag. Und doch war es irgendwie lustig, weil es das absolut letzte Mal war, dass ich ein Dokument mit diesem leicht manierierten *E* bei *Ernst* und dem doppelt unterstrichenen *y* bei *Beschinsky* unterschrieb. Meine Schwestern seufzten. Mein Schwager dachte wohl an seine stolze Dissertation, die er 1939 in Paris abgegeben hatte. Da kannte er uns noch nicht. Der Titel lautete *Contribution à l'étiologie et à la thérapeutique de la schizophrénie*, was man ungefähr so übersetzen kann: *Beiträge zur Ursachenforschung und Heilung gespaltener Seelen*.

In meinem Testament steht, wie in denen mancher meiner Vorgänger, die Kultusgemeinde solle alles erben und möge damit »nach eigenem Vermessen handeln«. Ich hatte ein paar Goldstücke zur Seite gelegt, die für die nun folgenden Rechnungen verwendet werden konnten; aus nostalgischen Gründen eine goldene Fünfundzwanzig-Schilling-Münze und einen goldenen Hunderter aus den späten Zwanzigerjahren. Die hatte ich damals nur bei anderen Leuten gesehen. In der Innsbrucker Klinik zu sterben ist nicht ganz billig. Die Liste der Barauslagen lässt Sie erahnen, dass ich viel zusätzliche Betreuung bekam, was völlig zu Recht von Paul Reitzer mit ordentlichen Trinkgeldern vergütet wurde. Die teuersten Geschenke bekamen die Ärzte: eine Lithographie für den Professor und Geschenkkörbe für die behandelnden Doktoren. Reitzer war selbst ja auch nicht mehr der Jüngste und meisterte diese Aufgaben mit der ihm eigenen unaufdringlichen Klasse.

Sr. Dora (Haut)	1.000,–
Sr. Vroni	1.000,–
Sr. 3 x 100,–	300,–
Sr. Annemarie 1 Nacht	550,–
1 Lithographie f. Prof Dienstl	1.200,–
Rahmung Tollinger	530,–
16 Weine + 4 Sekt f. Dr. Wallnöfer & Doz. Lisch	1.712,–
1 Student 1 Nacht	550,–
1 Student 1 Nacht 550,– + 50,–	600,–
Dominik 3 Nachtdienste	1.650,–
2 Taxi 45,– + 65,–	110,–
1 Paar weiße Socken	68,–
(Zwischensumme)	9.260,–
3 Friedhofsarbeiter	300,–
(Summe)	9.560,–

Mein Begräbnis findet am 2. Juni 1987 statt. Gerade spricht Paul Reitzer. Wenn ich in den letzten zwanzig Jahren einen Freund in Innsbruck gehabt habe, dann sicher ihn. Soeben erzählt er mein halbes Leben, so wie ich es ihm erzählt habe. Geboren 1902 in Wien, Gymnasium in Wien, Mathematikstudium, Professor im Gymnasium Albertgasse. Er ist erschüttert, und ich bin es, glaube ich, auch. Da steht mein bester Freund an meinem offenen Grab, erzählt meinen Lebenslauf und kein einziges Wort davon ist wahr. Ich habe es nie übers Herz gebracht, ihm den anderen Teil meiner Geschichte zu erzählen.

Auch Heinz Mayer spricht bewegende Worte, die er sich gut ausgesucht hat. Er sagt unvermittelt Du zu mir, das ist offenbar in Tirol bei Nachrufen üblich. Am Ende seiner Ausführungen kommt der schöne Satz: »Was du für die Tiroler Kultusgemeinde als langjähriger Kultusrat, Vizepräsident und letztlich als verdienstvoller Präsident geleistet hast, bleibt anderen zu beurteilen.« Er ist ein Mann mit Humor und Weitsicht.

Die Vorstellung, jetzt in dieses Grab zu kommen, freut mich nicht besonders. Vielleicht stört mich am meisten, dass ich allein darin liegen soll. Ich habe in meinem Leben viele heikle Situationen überstanden, und immer waren es die Frauen, die mich aus den unwahrscheinlichsten Verwicklungen gerettet haben. Meine Gattin Ilse liegt schon seit elf Jahren auf dem städtischen Friedhof in Hall, meine Mutter seit dreizehn Jahren in Paris begraben; meine Schwestern stehen vor dem schlichten Fichten-Sarg, zusammen mit meinem lieben Schwager Nathan und der schönen Clara. Es ist laut Rechnung nur ein Begräbnis III. Klasse, aber das passt zu mir; ich war eigentlich ein bescheidener Mensch. Da ich zuletzt nur meine kleine Alters-Pension bezogen hatte und im Besitze eines Opferausweises war, kann der treue Reitzer meine von ihm vorgestreckten Begräbniskosten bei der Tiroler Landesregierung einreichen und bekommt das Sterbegeld von gut einem Drittel des Betrages vom Sozialministerium erstattet. Dieses vergisst in seinem Bestätigungsschreiben nicht, darauf hinzuweisen, mein korrekter Name laute *Bechinsky* ohne *s*.

Knapp ein Jahr nach dem Begräbnis wird mein Grabstein aufgestellt. In goldenen Lettern kann man hier auf meiner lachsfarbenen Marmor-Matzevah lesen, wer ich in Innsbruck war. Einige Details erkennen Sie mittlerweile selbst als nicht völlig der historischen Wahrheit entsprechend. Paul Reitzer hat auch meine Schwestern und meinen Schwager aus Paris zu diesem im Judentum sehr wichtigen Moment eingeladen. Sie haben sich mit dem Hinweis auf gesundheitliche Probleme entschuldigt.

Hier sehen Sie mein Portrait aus der Bildergalerie ehemaliger Präsidenten der Innsbrucker Kultusgemeinde. Es ist die Vergrößerung eines herausgerissenen Ausweisbildes, man erkennt noch die Ränder des Rundstempels der Bundespolizeidirektion Innsbruck. Es ist beileibe nicht das beste Bild, das es von mir gibt, ich wirke abwesend und angespannt. Meiner Mutter hätte ich dieses Bild nicht schenken wollen. An der Kamera vorbeiblickend, die Augen unsichtbar, mit spiegelnder Brille, so ein Photo könnte man heute nicht mehr beim Passamt abgeben. Das wiederum könnte mir aber auch absichtlich passiert sein. Wird man mir meine kleinen Ungenauigkeiten nachtragen? Wird jemand »vulgo Manek Willner« darunterschreiben und bei Fragen von Außenstehenden Einblicke in meine Lebenserzählung geben?

Der Historiker ruft mich an – wie er sagt, zum vorletzten Mal –, um mir von dem fertigen Film zu erzählen. Er sagt, aus der anfänglichen Suche nach einem gewissenlosen Schurken – gemeint war ich – entspinne sich schließlich eine schöne Liebesgeschichte. Gut, damit kann ich leben.

Sollte irgendwann im Zuge der Recherchen die Frage aufgekommen sein, ob meine Biographie jetzt einen Schatten auf die Innsbrucker Kultusgemeinde werfe, kann ich das aus meiner Sicht natürlich völlig verneinen. Gut, vor meinem Grabstein werden sich jetzt hin und wieder Eingeweihte zuraunen, dass darauf vielleicht nicht alle Details stimmen. Aber ich habe Ihnen aus meinem Leben hier und anderswo erzählt, damit Sie ein umfassendes Bild sowohl meines Wirkens erhalten als auch der Umstände, die wir im zwanzigsten Jahrhundert zu meistern hatten. Glauben Sie nicht alles, was im Fernsehen kommt. Und wenn in Galizien ein Schlemihl den Stadtplatz von Linsk überquerte, liefen ihm alle Kinder nach, um den Spruch der Erwachsenen zu überprüfen, der behauptete: Schelme werfen keine Schatten.

***

Der Autor dankt folgenden Personen und Institutionen:

Israelitische Kultusgemeinde Innsbruck (Esther Fritsch, Barbara Bloch, Anna Pfeifer, Miriam und Halef Krug); Tiroler Landesarchiv, Innsbruck (Wilfried Beimrohr, Christoph Haidacher, Gertraud Zeindl, Ronald Bacher, Stephan Fankhauser); Stadtarchiv Innsbruck (Lukas Morscher, Christian Herbst); Bibliothek des Tiroler Landesmuseum Ferdinandeum (Roland Sila, Christoph Ampferer); Meldeamt der Stadt Innsbruck (Markus Troger); Pfarrkanzlei Innsbruck Christuskirche (Wolfgang Holl); Meldeamt der Stadt Hall (Christa Hollaus); Bezirksgericht Innsbruck (Michael Pilgram); Stadtarchiv Meran (Elmar Gobbi); Jüdisches Museum Hohenems (Hanno Loewy, Helfried Hagen, Anika Reichwald, Raphael Einetter); Archiv der Israelitischen Kultusgemeinde Wien (Susanne Uslu-Pauer); Büro für Genealogie Wien (Herbert Gruber); Stadt- und Landesarchiv Wien (Erich Denk, Gregor Merkel, Susanne Fritsch-Rübsamen, Elisabeth Mauser; Petra Janschitz, Michaela Laichmann); Jüdisches Museum Wien (Werner Hanak); Theatermuseum Wien (Haris Balic, Claudia Mayerhofer); Gesellschaft für Historische Tonträger Wien (Christiane Hofer); Dokumentationsstelle für neuere österreichische Literatur (Astrid Wallner); Literaturhaus Wien (Claudia Geringer, Jana Waldhoer); Musiksammlung der Österreichischen Nationalbibliothek (Andrea Harrandt); Magistratisches Bezirksamt für den 2. Bezirk in Wien (Isabella Wenty); Wirtschaftskammer Österreich – Archiv (Birgitt Rupp); Präsidentschaftskanzlei der Republik Österreich (Gertrude Wojtczak, Gerhard Haberbauer); Technisches Museum Wien, Österreichische Mediathek (Peter Ploteny, Christian Klösch); Wiener Volksliedwerk (Iris Mochar);

Österreichisches Staatsarchiv Wien (Dieter Lautner, Stefan Mach, Heinz Placz); Dokumentationsarchiv des österreichischen Widerstandes, Wien (Josef Vogl, Siegfried Sanwald); Österreichische Gesellschaft für Exilforschung (Gabriele Anderl); Centrum für Jüdische Studien, Graz (Victoria Kumar); Forschungsstelle Nachkriegsjustiz, Wien (Winfried R. Garscha); Kommission für Provenienzforschung beim Bundeskanzleramt, Wien (Lisa Frank).

Stadtarchiv Brünn (Šárka Svobodová-Juračková); Mährisches Landesarchiv, Brünn (Kateřina Smutná, Renata Kábelová, Lubomír Antl, Eva Tobešová, Petr Sychra, Miroslava Kučerová, Ladislav Macek); Staatliches Archiv der Stadt Zagreb (Željka Dmitrus); Kroatisches Staatsarchiv Zagreb (Ivan Filipović, Diana Mikšić, Rajka Bućin, Ana Valentić, Siniša Lajnert); Jüdisches Museum Prag (Daniela Bartáková).

Universitätsarchiv Innsbruck (Peter Goller); Universitätsarchiv Wien (Ulrike Denk, Katharina Brachmann); Archiv der Technischen Universität Wien (Juliane Mikoletzky); Universitätsarchiv München (Claudius Stein); Universitätsarchiv Göttingen (Ulrich Hunger); Universitätsarchiv Münster (Sabine Happ); Archiv der Akademie der Bildenden Künste München (Caroline Sternberg); Archiv der Karlsuniversität Prag (Jana Ratajova).

Stadtarchiv Zürich (Caroline Senn); Stadtarchiv Luzern (Susanna Kraus Casutt); Stadtarchiv St. Gallen (Marcel Mayer); Staatsarchiv St. Gallen (Martin Jäger); Schweizerisches Bundesarchiv Bern (Guido Koller); Joseph Schmidt Archiv Dürnten (Alfred Fassbind); Archiv für Zeitgeschichte Zürich (Michael Schaer Rodenkirch, Simone Koller); Staatsarchiv Basel-Stadt (André Buob); Staatsarchiv des Kantons Schaffhausen (Roland E. Hofer); Stadtarchiv Kassel (Florian

Franzmann); Standesamt Kassel (Vera Ringsleben); Kommunalarchiv Minden (Vinzenz Lübben); Bessel-Gymnasium Minden (Andy Kracht); Stadtarchiv Bückeburg (Sina Zehle); Stadtarchiv Ratingen (Heiko Knappstein, Erik Kleine Vennekate); Rollettmuseum-Stadtarchiv Baden (Rudolf Maurer); Akademie der Künste, Berlin (Elfe Raasch, Andrea Clos, Stephan Dörschel); Archiv der Meldebehörde Kiel (Sabine Awolin); Hessisches Hauptstaatsarchiv Wiesbaden (Volker Eichler); Hessisches Staatsarchiv Marburg (Christian Reinhardt); Standesamt Detmold (Daniela Lange); International Tracing Service, Bad Arolsen (Margret Schmidt); Stadt Köln (Anne Adam, Angelika Schmitz); Bundesarchiv Berlin (Sabine Dumschat).

Research and Documentation Center Zagreb (Melita Švob); Archiv der Israelitischen Kultusgemeinde Zagreb (Saša Cvetković); Österreichische Botschaft Zagreb (Herbert Grubmair); Österreichisches Kulturinstitut Zagreb (Georg Lack); Auswärtiges Amt Berlin (Gerhard Keiper); Jüdisches Museum Belgrad (Vojislava Radovanović); Archiv der Israelitischen Kultusgemeinde Bratislava; Archives départementales du Puy-de-Dôme (Marie-Laure Bertolino); Ministère des Affaires étrangères, Fonds de la Zone française d'occupation en Allemagne et en Autriche (Cyril Daydé); Mémorial de la Shoah Paris (Ariel Sion); Association of Jewish Refugees, London (Michael Newman, Jeanette Rosenberg); The Emanuel Ringelblum Jewish Historical Institute Warschau (Agnieszka Reszka, Matan Shefi); Algemeen Rijksarchief, Brüssel (Filip Strubbe); Norwegian Labour Movement Archives and Library (Frank Meyer); Riksarkivet Stockholm (Anna Kalisz); Folkets Hus och Parker Stockholm (Anna Schönbeck, Anna-Karin Thelin); Central Zionist Archives Jerusalem; Yad Vashem Jerusalem (Irena Steinfeldt); The Central Archives for the History of the Jewish People Jerusalem (Inka Arroyo Antezana); United States Holocaust Memorial Museum (Michlean Lowy Amir); Archives and Records Management, United Nations, New York (Amanda Leinberger); National Archives & Records Administration (Holly Reed, Rebecca L. Collier); Australian Jewish Historical Society NSW (Philip Moses).

Wiener und Innsbrucker Schulen: Brigittenauer Gymnasium Wien XX (Renate Prazak, Margaret Witek); BGRg 8 Albertgasse (Karl-Heinz Naimer); Vienna Business School (Gabriele Bayer); Erich-Fried-Realgymnasium (Wilhelm Urbanek); Sperlgymnasium (Andrea Haindl, Wolfgang Feyrer), RG Feldgasse/vormals Albertgasse (Evelyne Strobl); BG/BRG Grg 2 (Susanna Stern); Zwi Perez Chajes Schule (Christine Pelzmann); BG/BRG Innsbruck Sillgasse (Bettina Gamper).

Hilfreiche Kolleginnen und Kollegen, Familienmitglieder Bechinsky, Peiper, Geber, Focke, Willner: Susi Hager, Esther Pirchner (Erstleserinnen), Sabine Pitscheider, Andreas Focke, Thomas Albrich, Horst Schreiber, Michael Guggenberger, Klaus Hagen, Kurt Drexel, Andreas Maislinger, Manfred Mühlmann, Christine Federspiel-Heger, Vladimir Vlajić, Andreas Scheil (alle Innsbruck), Clara Pollack (Hall), Dario Bihar (Schwaz), Heinz Fritzsche (Feldkirch), Harald Walser (Hohenems), Gert Kerschbaumer (Salzburg), Maria Stangl (Scheiblingkirchen), Bertrand Conrad-Eybesfeld (Lebring), Martin Pollack (Bocksdorf), Wolf-Erich Eckstein, Primavera Gruber, Barbara Sauer, Horst Dolezal, Claire Fritsch, Rudolf Agstner, Hans Haider, Felix Gundacker, Peter Schwarz (alle Wien), Anna Grünfelder, Goran Miljan, Vlasta Kovač, Ivo Goldstein, Esther Gitman, Katarina Spehnjak (alle Zagreb), Milan Radovanović (Belgrad), Vladimír Filip (Brünn), Chava Lev (Protea Village, Israel), Yair Lev, Hilla Donde (beide Ramat Gan), Ahuva Chefetz

(Petach Tikva), David Deri, Daniela Fagot, Joe Willner (alle Tel Aviv), Pini Ben Israel (Ramat HaSharon), Miriam Romm (Savyon), Nahum Karlinsky und Renée Poznanski (beide Be'er Sheva), Vojko Jehuda Šterk (Jerusalem), Jörg Krummenacher (St. Gallen), Stefan Keller (Zürich), Simone Chardonnet und Michel Courtois (Cerny und Paris), Karl Lubomirski (Brugherio), Erik Peiper (Malmö), Helene Peiper (Solna), Charles Munt (Bakersfield), Gabrielle Gottlieb (Pacific Palisades), Peter Gottlieb (San Francicso), Robert Arbeit (New York), Diane Tishkoff und Kitty Harris (beide Los Angeles), Alexander Korb (Leicester), Joseph Rochlitz (London), Peter Lowe (Hertford), Carl Bethke (Tübingen), Moritz Cordes (Greifswald), Ernst Spannuth (Bückeburg), Gerhard Paul (Flensburg), Matthias Hambrock (Halle), Peter Hartl, Claudia Moisel, Angela Hermann (alle München), Elvira Grözinger (Berlin), Mireille Besnard (Paris).

Feinstein-Silber Family, USA (Tacha Feinstein, Jack Silber, George Blank); Familia Laub, Argentinien und Peru (Fernando Laub, Thomas Laub, Cristina Siemsen, Claudio Levy, Renate Levy, Claudia Laub); Tossman Family, Israel und USA (Arnon Tossman, Kyra Stempel, Penny Harris); Familie Beck (Nicoletta Bersier Ladavac, Genf, und Edith Schneider, Bad Homburg); Geni.com Genealogen (Sergio Ruy Glogowski, Benjamin Schoenbrun, Israel Michaeli, Peter Lowe); Vinyl- und Schellack-Sammler in Österreich (Edmund Palfinger, Siegfried Eigner, Georg Reiterer, Wolfgang Neubauer, Elisabeth Teuchtler, Wolfgang Hirschenberger); Bildsuchgruppe Südtirol (Christoph Gasser, Leo Andergassen, Petra Paolazzi).

Nikolaus Geyrhalter Filmproduktion (Markus Glaser, Catrin Freundlinger, Daniela Patz, Barbara Kern); Limbus Verlag Innsbruck (Merle Rüdisser, Bernd Schuchter).

Монастырец
140 СС
642.1
367.16
VI
№ 34
Постолув
лесп.
VI
№ 35
Луковица
95 СС
ст.
Безмихова Дольна
127 СС
416.1
Б.
428.4
+2.5
317.8
5.0
Млаки
шк.
Янковцы
94
сар.
(Руде
Глинне
97 СС
шк.
сар.
м. ЛИСКО
432.1
305 РС
421.7
(Угерце)
ст. Угерце
нефт.
№ VI
40
Кострынь
10
+5.0
Ольшаница
лесн.
Лончки